蜡笔王国 巡逻队长

〔日〕福永令三 著

〔日〕三木由记子 绘

温桥 译

人民文学出版社

PEOPLE'S LITERATURE PUBLISHING HOUSE

著作权合同登记号　图字 01－2023－1725

KUREYON OUKOKU NO PATORO RU TAICHOU

图书在版编目(CIP)数据

巡逻队长/(日)福永令三著；(日)三木由记子绘；
温桥译. —北京：人民文学出版社，2024
　(蜡笔王国)
　ISBN 978-7-02-018391-3

　Ⅰ.①巡…　Ⅱ.①福…　②三…　③温…　Ⅲ.①童话-
作品集-日本-现代　Ⅳ.①I313.88

中国国家版本馆 CIP 数据核字(2023)第 227217 号

责任编辑　**李　娜　杨　芹**
封面设计　**李苗苗**

出版发行　**人民文学出版社**
社　　址　**北京市朝内大街 166 号**
邮政编码　**100705**

印　　制　**杭州钱江彩色印务有限公司**
经　　销　**全国新华书店等**

字　　数　**109 千字**
开　　本　**787 毫米×1092 毫米　1/32**
印　　张　**8.25**
版　　次　**2024 年 1 月北京第 1 版**
印　　次　**2024 年 1 月第 1 次印刷**

书　　号　**978-7-02-018391-3**
定　　价　**42.00 元**

如有印装质量问题，请与本社图书销售中心调换。电话:010－65233595

目 录

1.
观测星座

公交车掉转车头，直接朝着山下的镇子驶去。这是今天最后一班公交。在山上那个自然公园门口，没有人候车。

"拜拜。"

孩子们朝着那辆远去的空车挥手告别。车上的司机也微微抬手示意了一下。

公交车的红色尾灯变得越来越小，最后忽地消失在左边的山谷之中。群青色的黄昏即将变成藏蓝色的夜晚。现在，这条三月的山路彻底变成了五年级一班右田老师和孩子们的天下。

虽然学校还在放春假，但因为大家突然收到了右田老师的通知，所以就一起聚到这里来观测星座。

"大家站成一排！重新清点人数。报数！"

"一，二，三……"四周回荡着孩子们的报数声，"十四……"

"喂，是十五啦。"

一名姓野岛的男孩子轻轻地推了一下信雄。信雄此时正在发呆。

"十七，不对，十六。"

"是谁？"右田老师一看是信雄，便厌恶地说，"你小子也来了啊。"

右田老师不喜欢信雄。信雄也很讨厌右田老师。和班里约半数没有到场的孩子一样，信雄原本也不想在假期里参加这次观测星座的活动。不过，他的脑海中忽然冒出了一个猜想：说不定是右田老师下学期要换班了，为了搞一个告别活动，才会突然在春假里要求大家一起来观测星座。

很快,信雄便对自己的这个猜测深信不疑。他想:如果真是这样,那就太好了!等出了这口恶气,我肯定会开心得跳起来。我必须尽快亲耳听到这个好消息才行。

信雄对右田老师的厌恶已经到了这种地步。从中间凹陷的长下巴、肤色发黄的脸到那个嘹亮的大嗓门、还有他清嗓子或吸鼻涕时的声音、又高又瘦的木板型身材、乌漆漆的头发、那个背影以及在走廊里"咯噔咯噔"的走路声,可以说,右田老师全身上下就没有一处让信雄看着顺眼的地方。

不过,这只是信雄自己的喜好而已。平心而论,右田老师其实是一位热心肠、名声不错的老师。用野岛同学的妈妈(她是一名大学助理教授的夫人,曾担任过高中数学老师)的话来讲,右田老师是这所学校里唯一一个可以被称为老师的人。

右田老师毕业于一所名牌大学,四肢修长,身材高挑。到了运动会的教职工接力赛环节，只要右田老师拿到接力棒，在一旁围观的妈妈们便会铆（mǎo）足了劲儿地为他呐喊助威。右田老师朝着那个矮冬瓜似的副校长快速追击时的英姿，仿佛是一头扑向小麻雀的猛鹫（jiù）。

听到自己孩子所在的班级将由右田老师负责时，几乎所有妈妈都高兴得想要吹起口哨，嘴里说着："今年很走运呢。"

不过，信雄和她们不一样。只要面对信雄，右田老师就会判若两人。他不仅喜欢刁难信雄，还会话中带刺，出口伤人。同时，信雄也觉得，每当站在右田老师面前时，自己就会变成一个脾气暴躁、烦恼重重的人。

这是为什么呢？

在长达半年多的时间里，信雄一直在思考这个问题。可是，他始终想不出个所以然来。他既不知道右田老师讨厌自己的原因，也不明白自己厌恶右田老师的理由。不对，这种理由肯定是不存在的。可是，如果说这其中毫无道理的话，那自己为什么会如此厌恶对方呢？信雄想不通。或许，两个人上辈子就是一对仇家吧。

"喂，我们走了哦。"

野岛同学的声音将信雄的思绪拉回了现实。此时，自然公园的大门前已经亮起了两盏水银灯，大家正沿着大门旁的那条小路往山上攀登。

站在那条公交车通行的车道上，只能看见一小片夜空。因此，大家决定去寻找一个视野宽阔的地方。

在东边的夜空中，有两颗星星正在闪烁着明亮的光芒。

"那颗红色的是火星。那颗亮晶晶的是木星，"信雄告诉野岛同学，"两颗星星现在都位于狮子座。所以，那颗应该就是轩辕十四①。"

---

① 轩辕十四是狮子座中最明亮的一颗恒星。

信雄平时最喜欢在山野间奔跑玩耍。他不仅对这一带的山路了如指掌，还十分熟悉各种星座的名字。至于哪里可以抓到青鳉鱼，哪里有虎甲虫，哪里的麻栎林可以捉到深山锹形虫……信雄比谁都清楚。哪怕是学习成绩全班第一的野岛同学，甚至可能还包括右田老师，在这方面都比不过信雄。

就像现在，信雄磨磨蹭蹭地跟在大部队后面，心里却想着明明只要沿着这边的小路再往上走一会儿，就能到达一处宽敞的山岗。那里可以看见星星。

野岛同学时不时地回头看一眼信雄，确认他还跟在后面。这次打电话通知大家来参加星座观测活动的人就是野岛同学。同时，他也是最受老师信任的一个学生。因此，野岛同学觉得自己有责任看好信雄。

"啊——"

"呀——"

林子里，接连不断地传来队伍前方女生们的惊叫声和嬉笑声。这片林子的树木稀少，充其量不过和人差不多高。冬天草木凋零，最多就是有一些垂挂着花穗的旌节花而已。因此，只要眼睛适应了周围的环境，就能轻松自如地行走，甚至连手电筒都不需要。不过，女生们仿佛很享受这种氛围，一个劲儿地发出害怕的声音，在那里闹个不停。

等大家走上一段稍微有些陡峭的上坡路时，空气中出现了一股大叶钓樟的香气。大概是某个人手里的树枝被拗（ǎo）断了吧。

最后，一行人终于来到了一处视野比较开阔的地方。

眼前是小镇的万家灯火，点点亮光就像珠宝盒被打翻后撒落一地的宝石。镇子的远方应该是一片大海。但此时，海天一色，让人分不清大海和天空的边界。

在正对面的大海上空，高悬的狮子座张着大口，跃入了大家的眼帘。一等星①轩辕十四被夹在更亮的木星和火星之间，看起来并不是那么显眼。

_____

① 一等星是天文学术用语，根据星体的亮度来评级。

信雄仰起脖子，望向头顶的那一片天空。双子座卡斯托尔和波吕克斯的主星正在闪闪发光。西面的夜空笼罩着一层薄云，只有一颗五车二①孤零零地悬挂在那里，看不到猎户座和金牛座的身影。

北面的夜空有一部分被岩户山挡住了，所以只能看到北斗七星的勺口。

"大家把观星箱拿出来。"右田老师说。

于是，孩子们把自己用手工课专用纸和透明胶带制作的观星箱拿了出来。不过，其中有许多观星箱不是坏了，就是已经压变形了。大家慌慌张张地四处寻找可以放置观星箱的位置，却找不到合适的。

为了固定观星箱，信雄在箱子上扎了两个小孔，然后将树枝穿了进去。野岛同学瞅了一眼，也立刻有样学样。

很快，他喊了起来："成功了。大伙儿这样做就

---

① 五车二是御夫座中最明亮的一颗恒星。

行了。”

“看野岛。”右田老师立刻大声地说，“大家也要像野岛那样，学会开动脑子。好了，抬头看天空。有没有人知道，那颗是什么星？”

老师指的是双子座。

奈美子回答：“是卡斯拓尔和珀（pò）吕克斯。”

“是卡斯托尔和波吕克斯，”老师纠正了她的发音，接着问，“接下来，有谁知道这边红色的星星是什么星？”

“我知道，”野岛同学立刻抢着回答，“那是火星。”

即使在一片黑暗之中，信雄也能清楚地看到野岛同学正像在教室里上课时那样笔直地举着手。

“对，对，你很了解，”右田老师满意地点了点头说，“大家好好确认方位，然后开始画图。今年的暑假和寒假，我们还会在这个位置进行星座观测。”

信雄的心里咯噔了一下。刚才那句话不就说明，到了六年级还是由右田老师来带他们班嘛。

黑暗中响起了孩子们拿铅笔和本子的嘈杂声。

信雄把一盒十二色的蜡笔放在一块平整的石头上。这盒蜡笔是他出门前，妹妹清子借给他的。清子说："红色的星星就用红色蜡笔画，蓝色的星星就用蓝色蜡笔画。"信雄的妹妹在一起交通事故中双目失明。从那以后，信雄就对妹妹言听计从。

四周陷入片刻的安静之中。

"啊！有鸟儿。"

忽然，有人伸手指向了一个方向。一道像烟雾似的、轻飘飘的鸟影出现在树枝之间。

"是猫头鹰。"

"喂，有猫头鹰！"

为了能够更清楚地看到小鸟的模样，大家一边喊叫着，一边聚到了一起。那只鸟停在了几米外的一根树枝上。

这种鸟，信雄已见过好几次。

"是鹰鸮。"

信雄的话音刚落，右田老师便立刻斩钉截铁地说：“那是猫头鹰。鹰鸮是一种夏候鸟，初夏树上长出嫩叶的时候才会飞到日本来。三月份不可能有鹰鸮。那是猫头鹰。”

信雄顿时感到有一小股气血直冲脑门。不过，他最终只是嘀咕了一句：“是吗？有那么小的猫头鹰吗？只要叫一声，我们就知道那是什么鸟了。”

虽然信雄说得很轻，但这句话还是牢牢地钻进了大家的耳朵里。

“吼——吼——”

鹰鸮叫了两声，仿佛是在表明自己的身份——“我就是鹰鸮哦。”猫头鹰的叫声很像猫打呼噜时的那种咕咕声，而鹰鸮的叫声则是连续两声响亮的“吼——吼——”。

“好了，大家回去继续观测星座！”右田老师的这声指令，听起来好像是要轰走所有人。

于是，孩子们回到了各自观星箱所在的位置上。

"哎呀！"野岛同学发出一声惊叫，他的脚尖猛地踢翻了信雄放在石头上的蜡笔盒子，"啊，对不起。"

信雄忽然感到一股怒火涌上心头。他一把抓住野岛同学的衣服前襟，大声喊道："你给我捡起来！"

野岛同学看起来有些犹豫，但还是蹲了下来，拿掉手电筒前面那张红色玻璃纸，把灯光打在了地面上。

野岛同学只找到了盒子，却没有发现蜡笔的踪迹。那十二支蜡笔可能已经散落在枯芒草下面的杂草丛里了。他把脸贴在地面上，用手拨开芒草丛。"啊，痛！"他立刻站了起来，对信雄说，"我的手指被割破了。"

野岛同学的手指好像被芒草叶划伤了。他舔着伤口，不愿意再继续寻找蜡笔。

"快点儿给我找回来！"

"没办法啊，我找不到。"

话音刚落，信雄就一巴掌将野岛同学打得身体失去了重心。然后，他向对方猛扑了过去。

"干什么！住手！"

右田老师飞奔了过来。其他人也聚拢过来，将两人围在了中间。

"信雄，你这小子。"野岛同学倒在地上，信雄压在他的身上。右田老师拧着信雄的胳膊，将他从野岛同学的身上拉了起来。

"出了什么事？"右田老师问野岛同学。

"我……我把蜡笔给踢飞了……我已经道过歉了。"惊吓过度的野岛同学哭着向老师求助。

"道歉就行了吗?!"

信雄的声音听起来就像是从肚子里硬挤出来的一样。大家感觉他快要哭了，周围一下子变得鸦雀无声。信雄是一个非常坚强的孩子，在学校里，谁也没有见过他哭的样子。

"你给我找回来，把蜡笔放回原来的地方！"

"你这是什么态度！"右田老师训了信雄一句，"就为了蜡笔这点儿小事。"

"那是我妹妹的蜡笔，不是我的!"信雄语气僵硬地说。

"你到底在搞些什么东西! 还把蜡笔带过来，又不是参加写生比赛。"

已经停止哭泣的野岛同学一听到老师的这句话，立刻"扑哧"一声笑了出来。还有其他两三个人也跟着笑出了声。

这一下，信雄的心里更加憋屈了。他拼命地压抑着内心的情绪，对野岛同学说："只要你……把蜡笔……捡回来，就可以了。"

"你这就叫作无理取闹。"右田老师明显是在袒护野岛同学。

"要不，我们大家一起找吧?"奈美子提议。

右田老师假装没有听见奈美子的话，继续对信雄说："野岛不是故意的。你把蜡笔放在这种地方，换成其他人，照样也会一脚踢飞。既然野岛已经诚心诚意地向你道歉了，不就可以了嘛。心胸这么狭窄可……"

话说到一半，右田老师忽然"啊"地叫了一声，然后用手捂住了自己的左脸。原来是信雄朝他吐了一口口水。

"对不起，老师，我道歉了，"信雄气得声音发抖，"我已经道过歉了，这样就可以了吧。"

说完，信雄猛地转身跑向了那片昏暗的树林。

"说……说……说什么呢！"右田老师气得连舌头都打结了，"真是个令人讨厌的家伙！"

不过，他并没有起身去追信雄，只是一动不动地盯着眼前那一片黑黢黢的林子。

信雄就像一头正在被人追赶的野兽，在树下枯萎的灌木丛中狂奔而去。他在跑动时发出的那沙沙声正在变得越来越小，越来越弱。

事发突然，大家都不知道该怎么办，只能呆立在原地。突然，真理子迈开大步想要追上去。

"等等！"右田老师使劲儿地喊住真理子，"别管他。你越追，他就越要逃。不用理他，等他害怕了，自然就会回来的。"

真理子一言不发地停下了脚步。此时，信雄已经跑得无影无踪了。现在再去追，也为时已晚。

"吼——吼——"鹰鹗又叫了两声。

真理子从幼儿园开始就和信雄一个班。两家住得很近，隔了二十米不到的距离。因此，真理子非常了解信雄。虽然学校里没有人见过信雄哭的样子，但真理子是见过的。

那是一个五月的傍晚，信雄母亲的葬礼刚刚结束。当时，信雄家附近种满了绿篱，有一条蜿蜒小道通向家门口。在他家附近，柿子树绿油油的新叶正欣喜地朝着天空生长。虽然四周已经亮灯，但空气中弥漫着一种新叶反射出来的奇妙亮光。真理子和刚买完东西的妈妈一起走在回家的路上时，意外地看到那条小路上有一个小小的背影。那里蹲着一个小男孩。

"小信雄，"真理子懵懂地喊了一声，可是，对方

没有任何反应，"你在干什么呢?"

真理子和妈妈停下了脚步。信雄依旧一动不动地蹲在那里，就像一个被放在路边的物品，安安静静地待着。

"怎么了?"真理子的妈妈把装东西的篮子放在地上，然后，她自己也蹲了下来。信雄这才将脸抬了起来，眼泪从他的眼中纷纷滚落。忽然，他"哇"的一声哭了起来，一下子飞扑到真理子妈妈的身上。真理子的妈妈什么也没有说，只是久久地轻抚着这个小男孩的后背。

当时，真理子整个人就像一块石头一样僵立在那里，连大气都不敢喘一口。不知不觉，眼泪从她的眼中不断地涌出。真理子还记得那时候在自己的头顶上方，鲤鱼旗①的金色风车正在风中"喀啦喀啦"响个不停。

后来，信雄的新妈妈来了。那个新妈妈在电话局

————————
① 日本的男孩节（5月5日），有男孩的家庭会在户外悬挂鲤鱼旗来寄托祝福。

工作，是一个安静温顺的女人。她带来了一个名叫清子的小婴儿。所以对信雄而言，他一下子多了一个妈妈和一个妹妹。

信雄很快就喜欢上了这个新妈妈。等到清子可以自己在外面走路时，兄妹俩总是形影不离地在路上一起玩耍。如果没有发生那起事故的话，信雄应该也会像其他开朗健康的孩子那样茁壮成长吧。

刚好一年前，在那个刮着大风的午后，信雄和清子一起走在海边那条最繁华的大道上。那天，信雄的心情特别好。他一边走，一边不断地将自己的帽子抛到半空中。突然，吹来了一阵风。这一次，信雄没能接住掉落下来的帽子。

帽子掉在了信雄的脚边。正当他准备弯腰去捡时，又吹来了一阵风，把帽子卷到了车道上。清子立刻跑去追帽子。

"啊！"

路旁的行人全都异口同声地叫了起来。信雄拼命地追在妹妹身后，但还是迟了。空气中响起了一道令人心如刀绞的急刹车的声音。为了躲避车前的小孩，司机横打了方向盘。然后，他的车子就和迎面开来的另一辆汽车撞在了一起，发出了一道巨大的撞击声。清子就像一个布娃娃，被两辆相互挤压的车子撞飞了出去。

虽然清子最后捡回了一条命，但从那时候起，她的眼睛就看不见了。那个肇事司机为了避开清子，横打方向盘，撞上了一辆相向而行的车子，就这样去世了。听说，信雄的新妈妈事后一句也没有责备信雄。不过，身为出租车司机的爸爸狠狠地揍了信雄一顿。为了照顾失明的清子，信雄妈妈只好辞去了电话局的工作。

那之后不久，信雄就开始用片假名①写名字了。他原来的名字是汉字的"信雄"，不知道为什么，听说他妈妈来学校拜托老师，要让信雄以后都用片假名写名字。好像是说，那样可以转运。

_____

① 日语的片假名是一种表音的符号。

"我让算命的帮忙看过了，说是之前孩子妈的恶灵还附在孩子身上。孩子妈叫信子，所以'信'这个汉字不能用。"

真理子曾在不经意间听妈妈说起过这件事情。

从五年级上学期的期中开始，为了接替要休产假的吉川老师，右田老师接管了信雄他们班。从那时候开始，信雄的性格就慢慢地发生了改变。这可能是因为他的名字从汉字变成了片假名，或者是因为清子遭遇的不幸，也可能是因为信雄妈妈辞去电话局的工作之后，家里的经济压力变大了的缘故。

虽然从邻镇过来上班的右田老师不太了解这个镇子的情况，但他不可能没有听说过信雄家遭遇的那些不幸。然而，即使站在真理子的角度来看，右田老师对待信雄的态度也确实是过于冷淡了。

2.
猫头鹰之家

　　旌节花、桤木、大叶钓樟、接骨木、海仙花、柴柳，这些在冬天枯萎凋零的灌木，高度还不及一名成年人的身高。此时，信雄正"沙沙沙"穿梭在这片灌木丛之中。

　　信雄打算朝着镇上亮灯的方向下山。不过，他并不想回家。空荡荡的内心一片漆黑，只有那份对右田老师的厌恶宛如蜡烛的火苗，在那里忽大忽小，左右摇摆。

　　没过多久，信雄就走进了一片芒草地。初春的枯芒草只长到了他腰部的位置，叶子和茎秆都变得像白纸一样脆弱，因此，信雄走起来感觉很轻松。

接着，他踏上了一条像是防火道的小路。

信雄深吸一口气，抬头望向了夜空。

"是卡斯托尔和波吕克斯啊。"他先是模仿了一下右田老师的语气，然后，气狠狠地嘟哝道，"什么啊，明明是月亮出来了，所以周围才会这么亮。在这么一个有月亮的夜晚，组织什么星座观测活动。那个混蛋真是啥也不懂。"

此刻，柠檬状的月亮正在朝着东边的夜空移动。它反射的光芒给海面罩上了一层银灰色的面纱。

"哗"的一声，有一道鸟影掠过信雄的头顶飞走了，是刚才那只鹰鸮。

"哪里会有长成这个样子的猫头鹰?!"信雄大声地说，"那家伙竟然说这是猫头鹰，这不就说明他既没有见过鹰鸮，也没有看过猫头鹰吗? 啊——当时真应该就这么反击他的。我这人怎么老是事后诸葛亮呢?"

脚下的那一条下坡路此时变成了一段上坡路。不过，信雄根本没去细想，就直接沿着这条路继续走了下去。

　　他心想：那家伙什么也不知道。那次，我印了张名片，上面用片假名写着我的名字，然后带到学校给他看时，那家伙就只把我当成一个想要模仿大人、狂妄自大的人。

　　一想到那张名片被老师没收的事情，信雄的眼中再次流出了恼恨的泪水。

　　清子的眼睛看不见了，信雄妈妈辞去了电话局的工作。之后，爸爸和妈妈吵架的次数变得越来越多。

　　信雄妈妈渐渐地开始沉迷房屋风水、姓名算命、死者灵魂的故事。她要求信雄把自己的名字写成片假名。爸爸不同意这件事，但这反而更加坚定了妈妈的决心。

　　某天晚上，夫妻二人又吵了起来。信雄回家时，突然将一个小盒子放在了饭桌上。那里面放着一张张新名片。

"这样就可以了吧，妈妈。"

夫妻俩拿起名片一看，只见上面印着一行字："第一小学五年级一班学生，小林ノブオ。""ノブオ"这是用片假名拼成的"信雄"。信雄把原本存着准备买捕虫网的零花钱，全都拿来印了这些名片。那个捕虫网由六根竹竿精妙地搭建而成，闭合时，会变成一根五十厘米长的棍子；推开时，长度会接近三米左右。信雄一直很想要那个捕虫网。

整个起居室里顿时变得鸦雀无声。接着，从隔壁传来了清子的叫声："哥哥。"

信雄走进那个昏暗的房间时，看到穿着一身睡衣的清子正一边挥舞着双手在那里摸来摸去，一边朝他靠近。

"哥哥——哥哥——哥哥，"清子摸到信雄之后，便立刻扑在他的怀里哇哇大哭了起来，"哥哥哪儿都不要去！去哪儿都不行！"

信雄哭了。爸爸和妈妈也哭了。房间里唯一的一盏六十瓦的裸灯泡正照在这不幸的一家四口身上。

右田老师哪怕能够明白这份眼泪十分之一的味道，也绝对说不出"小孩子竟然印了名片，简直是胡闹"这样的话来。

脚下的道路还在不断地向上延伸。那座早已司空见惯的岩户山的山脊变得离信雄越来越近。

忽然，刮来了一阵大风，信雄抬起手按住了帽子。

如果那个时候，那阵风没有恶作剧似的抢走自己的帽子，大家现在该有多么快乐啊！

话说回来，妈妈带着信雄去那个撞了清子的司机家道歉时，也是这么一个大风天。

虽然清子被撞瞎了，但信雄妈妈还是跪在榻榻米上，一边哭一边不停地向司机的遗属磕头认错。因为对方的家人正是为了避开清子，才会变成黑色相框里的一张照片。

"不过，幸好您女儿被抢救回来了。要不然，我都不知道我们家那口子究竟是为了什么死的。"对方一边说，一边拿手帕遮住那张哭皱了的脸。

信雄心想：这一切都是风的错，不对，都是我的错。

此时，脚下的路面变宽敞了。道路左边出现了一块白色的岩石，看起来就像一头大象的背影。

信雄这才清楚地意识到，这是一条完全陌生的路。

他的心中产生了一个疑惑：好奇怪啊，岩户山明明在那边，这里怎么会出现这么一条路呢？

月光变得越来越亮。藏青色的天空，深紫色的山林，这是一个多么美丽的夜晚啊！

洁白的碎层云宛如一支航行在夜空的船队。一颗橘黄色的星星正在月亮下方眨着眼睛。

根据岩户山上空清晰可见的北斗七星斗柄的曲线方向判断，那颗橘黄色的星星肯定就是牧夫座的一等星——大角星。

信雄在心里琢磨着：这样看来，那一颗就是室女座的角宿一吧。现在已经是晚上十一点左右了吗？

夜晚的巍巍群山与白天时截然不同，给人一种深不可测的幽然静谧（mì）之感。

此时，风向变了，刮起了北风。所有脏东西都被吹得一干二净，四周洋溢着一种清澄洁净的气氛，仿佛整个世界都变得透明了。

信雄走到了一个分岔口。他毫不犹豫地选择了那条往山下走的岔道。

不知不觉中，有一首歌从信雄的嘴里唱了出来：

只要放声哭泣，内心便能平静

但我无法在你面前流泪

虽然明知你不会因此讨厌我

可是请允许我问一句，只问一句

最先心生厌恶的

是你，还是我？

道路左侧是一片黑漆漆的扁柏林。有一条小溪正沿着林边流淌。当沿着这条小溪慢慢地往下走，最后小溪变成了一条宽约一米的沟渠时，扁柏林里突然出现了一座房子。

　　信雄全身打了个寒战。

　　他心想：在这种地方不可能会有房子，我这是见鬼了吗？

　　仔细一看，那是一座原木搭建的木屋，就像那种常见的登山小屋。房子很陈旧，到处都是白色油漆剥落的痕迹。

　　信雄是第一次见到这座奇妙的建筑，但在他内心深处的某个地方，却莫名地有一种似曾相识的感觉。他好像在哪里见过和这个一模一样的房子。

　　信雄蹑手蹑脚地一步步靠近小屋的入口。当他看到那扇小得像玩具的白色小门上，写着一行黑色的字"猫头鹰之家"时，他整个人便呆呆地立在了原地。

　　他确实认识这座房子。这和挂在他们家起居室墙上的那幅带框蜡笔画中的房子一模一样。

当初，为了纪念自然公园开园，市里举办了一场儿童画比赛。清子的这幅参赛作品最后荣获了银奖。这是热爱画画的清子画的最后一幅画。

信雄心想：我这是在做梦吗？还是我被妖怪附身了？

正在这时，屋子里亮起了灯。"咔嚓"一声，那扇门被轻轻地打开了。

门后出现了身穿西服的主人，但他的脸是猫头鹰的模样。

信雄顿时感到一阵头晕目眩。

"你有什么事吗？"

听到猫头鹰在用人类的声音说话后，信雄的意识开始变得越来越模糊。就这样，他就像被一块纯白色的幕布包围，逐渐失去了意识。

陷入昏迷之后，信雄被抬进了一个昏暗房间的床上。如果此时他能够睁开眼睛，看一下那间亮着灯光

的里屋的话，不知道他会有多么震惊。

里屋的正中间摆放着一张大大的圆桌，桌子边围着十二个小人，每个的头上都戴着不同颜色的尖帽子。不对，这些不是小人，是蜡笔。他们就是被野岛同学一脚踢飞后，消失在黑暗中的那十二种颜色的蜡笔。

这些蜡笔穿着各自颜色的西服，留着各自颜色的头发，穿着各自颜色的靴子。

在圆桌的正中央，有一只戴着眼镜、长得像蜥蜴的奇妙动物正端端正正地坐着。他的上衣有十二种颜色的竖条纹，裤子有十二种颜色的横条纹。他就是蜡笔王国的变色龙首相。

这时，四周响起了一种老年人特有的沙哑声："那么，我们将对新一年度的预算方案进行表决。赞成的，请举手。一、二、三、四、五、六、七，本方案获得多数票赞成，正式通过。接下来，我要拿着这个方案去获得国王的认可。会议暂停，大家休息。"

变色龙首相在桌面上慢吞吞地爬行，然后手脚灵活地跳到了地板上。接着，他的身影消失在里边的另一个房间之中。

此时，蜡笔们开始你一句我一句地聊了起来。

蓝色蜡笔说："我本来想多制造一些晴天的。可是按照这个预算额度，今年放晴的天数只能和去年持平了。"

白色蜡笔对浅蓝色蜡笔说："我这边的白雪和白云，还有你那边的雨水，都还算马马虎虎。不过，红色小子那边的预算被砍掉了很多。你看，他现在已经怒火冲天了。"

白色蜡笔口中的那个红色小子就是红色蜡笔，他正气冲冲地对同样被削减了预算的褐色蜡笔说："这么一来，伊豆大岛的火山喷发又要延后了。"

"我这边也必须减少骆驼和狮子的数量了。"

"算了，算了，"草绿色蜡笔安慰大家说，"我这边的预算也被削减了。这些预算可是为了挽救种族灭绝的危机啊，那些蝗虫明明已经送来了那么多份带签名的请愿书。中华剑角蝗、飞蝗、长额负蝗、日本条螽，还有蝈蝈，足足有一百二十亿八千万零三百五十五份签名。"

"数量这么多，怎么可能会灭绝啊！"肉色蜡笔皮笑肉不笑地说，"不过，我们这边啊，正在推进猪仔的品种改良工程，一下子推得太猛了。去年，母猪的平均产崽还只有一窝六头。现在，东普克大学研发了新品种，平均每窝产崽竟然达到了二十四头。这以后可怎么办呀？"

黑色蜡笔也极其不满地表示："我们的隧道工程要一直延期了，灰色小子！"

"那我这边就把水泥去掉，然后把这部分预算拿来换一些大象吧。"

而另一边，有几支蜡笔乐开了花。

绿色蜡笔说："首相终于也意识到了绿化运动的重要性。今年，我要在埃及那一带多种一些树。"

话音刚落，粉色蜡笔便接着说："我这边就算增加了樱花的数量，预算也完全用不完呀。那我就把兔子的耳朵再变长一些吧。"

黄色蜡笔同样是一副扬扬得意的模样："柠檬和香蕉，都要大幅度增产！"

没过多久，里侧的房门被打开了。一个头戴皇冠、身披长袍的人出现在大家眼前。那件长袍上嵌满了璀璨夺目的宝石。

蜡笔们向此人行了一个最高级别的礼。

变色龙首相迈着小碎步急匆匆地跟在国王身后，接着他爬上了桌子。

等国王在宝座上坐定之后，变色龙首相便"嗯哼"一声，特意清了清嗓子，然后开始了他那长篇大论的演讲。内容无非就是那些社长、校长、所长等称呼里带了个"长"字的人必定会说的无聊话。用一句话来概括，就是把"现在是一个特别重要的时刻，我们必须特别努力"这个意思，用一种特别难懂的表达方法翻来覆去、拐弯抹角地说上一通。

在演讲接近尾声时，蜡笔们都已经无心听了。大家在各自说着悄悄话。

"骆驼背上的那两个驼峰，是为了方便人们骑骆驼而存在的，还是因为骆驼被人骑了之后，人坐的那个地方凹陷下去后才产生的？"

褐色蜡笔给白色蜡笔出了一个谜语。正当白色蜡笔准备回答时，变色龙首相敲了一下桌上的小钟，"丁零——"，内阁会议到此结束。

这时，外侧的房门被打开了，猫头鹰悄无声息地走了进来。

"那个孩子看上去受了重伤，黄金国王，"猫头鹰向留着一头金发、长着一双威严的金色眼睛的国王报告说，"您要见一下那位少年吗？"

"好，"国王点了点头，然后，他率先走进了信雄躺着的那个房间，"首先，让我们听一下他的内心之歌。"

猫头鹰从西服内兜摸出了一颗彩虹色的玻璃球，

他轻轻地将玻璃球塞进了尚未恢复意识的信雄的右手之中。很快，有一种不可思议的歌声响了起来。信雄的嘴巴丝毫未动，可是这首歌确确实实就是信雄内心正在歌唱的《信雄之歌》：

只要放声哭泣，内心便能平静

但我无法在你面前流泪

虽然明知你不会因此讨厌我

可是请允许我问一句，只问一句

最先心生厌恶的

是你，还是我？

只要张口说话，就会挨骂

如果闭嘴不言，又会被骂

虽然明知你不会因此厌恶我

可是请告诉我一件事，只说一件

是从什么时候开始

变成了现在这个样子？

虽然绝不会抛下大家

但就算真的死了，也没有关系

虽然明知你不会因此讨厌我

可是请允许我问一句，只问一句

啊——你究竟

是谁？

多么寂寞的旋律！多么悲伤的歌声！

不知不觉中，蜡笔们全都围在床边，双眼含泪地听着这首歌。

"唉，可怜的少年。"国王深深地叹了一口气。

"让我用阿特拉斯光线扫一下。"

说完，猫头鹰便把一个四方形的盒子放在信雄的左胸口上，然后，在前面拉起了一块白色的投影幕布。

幕布上很快便出现了一个漂亮的、鲜红色的心形

图案。等这个图案慢慢放大两倍、四倍、八倍时，大家发现在这一片红宝石似的红色之中，弯弯曲曲地攀爬着好几条溪流似的蓝色裂痕。这些裂痕正在散发着荧光，看起来就像是煤气燃烧时产生的那种蓝色火苗。

"情况真是太糟糕了，"猫头鹰忍不住嘀咕了一句，"不过，这位少年的内心是多么强大啊！他的内心就像一片皲（jūn）裂的大地，上面爬满了代表仇恨的蓝色裂痕，可是这颗心没有破碎。国王陛下，您准备如何处置这名少年？”

国王久久地凝视着信雄内心的影像，最后他语气坚定地说：“现在，哪怕只有一根手指的力量，就可以让这个孩子的内心四分五裂。只能暂时将他留在我们蜡笔王国里。变色龙首相，这个孩子就托付给你了。”

红色、白色和黄色的郁金香正在花坛里绽放。昨晚下了一场雨，因此，郁金香旁边出现了一个小小的水池。樱花的花瓣从空中纷纷飘落，其中有两三片正落在水面上。

身穿围裙、手拿笤箕的妈妈从厨房走了出来。

妈妈，真的是妈妈。

信雄目不转睛地看着对方，心中涌现出一片思念之情，让他沉醉其中，难以自拔。他知道这是一个梦，所以已经去世的妈妈才能够这样精神十足地出现在自己面前。如果他不顾一切地大声呼喊妈妈，那么肯定会被自己的声音惊醒。到目前为止，信雄已经有过许多次这样的经历了。为了不被妈妈发现，他现在就只能静静地、远远地看着妈妈。

妈妈来到种着欧芹的花盆前，摘了几片绿色的叶子。

妈妈要把这些欧芹叶放到欧姆蛋里，那是我最爱吃的，信雄心想。

妈妈走了过来，站在离信雄不到两米远的地方。此时，信雄能够感受到她那亲切的呼吸声和肌肤的温暖。

"哎呀，哎呀，又乱扔玩具，全都沾满了泥土。"

说着，妈妈看向了自己的脚边。那些镀锡铁皮制作的翻斗车、混凝土搅拌车和白色摩托车都被雨水溅了一身的泥。另外，还有一个金鱼外形的小洒水壶也被扔在了那里。

"我要叫那个施工的人过来，把这里收拾一下，"妈妈嘀咕了一句，然后，她喊道，"小信雄——"

信雄忍不住咯咯大笑起来，他一边挥手，一边跳了出来。忽然，"咚"的一声，好像有什么东西掉下来了。信雄睁开了眼睛。

"你醒了？"

昨晚那只猫头鹰此刻正站在他的枕头旁边。

奇怪的是，信雄的内心一片平静。即使听到猫头鹰开口说话，他也没有任何惊讶的感觉。他知道，这是一只亲切友好的猫头鹰。

"我死了吗？"信雄问。

"怎么会！"猫头鹰摇了摇头。

"这是哪里？"

"这里是蜡笔王国。"

"接下来我会怎么样？"

"这谁也不知道，"猫头鹰和蔼地教导信雄，"因为你来到了一个陌生的国家，所以应该先去了解这个国家的事情。另外，如果你是一个勇敢的男孩子，那么以后最好不要问别人，自己接下来会怎么样。"

猫头鹰似乎想要激励信雄，又特意强调了一句："命由天定，运由己生。你可以自己决定接下来要做什么。"

听到了这句话，信雄的心中如泉水般涌出了一股闪闪发光的力量。是的，他想要做点儿什么。

信雄从床上坐了起来，然后下了地。

"这边的衣橱里放着你要穿的衣服。你可以从里面挑选自己喜欢的穿。"猫头鹰指着房间左侧一个角落里的衣橱说。那里有十二个不同颜色的篮子，里面放着和篮子颜色相同的衣服。

我不喜欢那种像是给女生穿的颜色，信雄想。于是，他毫不犹豫地选择了黑色。这件黑色衣服很像大学生穿的那种立领制服，不过，在肩膀处还用银丝线缝制了闪亮的图案。

"很好，这身衣服很适合你，"猫头鹰满意地看了一眼信雄说，"接下来，我要为你准备帽子和鞋子。你先去那个房间里吃点儿东西。"

信雄被带到了另一个房间。那正是昨晚蜡笔王国召开内阁会议的房间，里面还有一张圆桌。不过，十二位大臣、变色龙首相以及黄金国王此时都已不知去向。屋子里只剩下一片温暖祥和的春季清晨的阳光。

信雄透过窗户，仔细地观察了一下屋外的情形。

那座原以为是岩户山的大山其实是另外一座山。虽然两座山的形状看起来一模一样，但是这座山比岩户山更加雄伟深邃。

从相反方向的窗户望出去，可以看见大海。山脚有一块岬角突入海中。信雄从未见过那么长的岬角。海面上漂浮着五六座小岛。

这里确实是一个完全陌生的国度。这里是蜡笔王国。

穿着白色罩衫①的厨师开始将饭菜摆放在桌子上。这名厨师看起来像是昨晚的那只鹰鸮。

啊，这是加了欧芹的欧姆蛋。说不定，我可以在蜡笔王国的某个地方见到妈妈。这么一想，信雄的内

————————

① 白色罩衫是一款日式传统围裙，可以套在和服外面，通常在做家务时穿。

心就像沐浴在阳光下，产生了一种生机勃勃的暖意。

这盘欧姆蛋的味道真的就是妈妈的味道。

此时，猫头鹰回来了，他对信雄说："你试一下这顶帽子和这双鞋子。"

信雄照做了。

"站在那面穿衣镜前，"猫头鹰的语气和态度逐渐显露出一股威严感，"系上腰带。在腰间插入佩剑。"

眼看着镜子里的信雄变成了一副威风凛凛的军官模样。

"从今天开始，你就是蜡笔王国的巡逻队长。"猫头鹰挺直腰杆，对信雄说，"不要忘记，是你自己选了这套衣服。其实，到昨天为止，这套衣服的主人还是我。我是第七百七十六任巡逻队长，所以，你就是第七百七十七任队长。刚才，当我把这件事向国王汇报时，国王的脸上露出了为难的神情。换句话说，国王担心的是，把巡逻队长这么重要的工作委托给一个刚来蜡笔王国的人是否合适。不过，我相信你一定会成为一名优秀的巡逻队长。接下来，我要把象征队长身份的东西交给你。"

说着，猫头鹰便从西装内兜里拿出了一颗散发着彩虹色光泽的珠子。

"这个叫作心珠。只要让人握住这颗珠子，那个人的内心就会毫无保留地展现在你的面前。另外，摸到这颗珠子的人会立刻变得安安静静、一动不动。"

接着，猫头鹰又拿出了一颗烧得通红的大珠子和一颗碧蓝通透的大珠子。

"红色的珠子是用来召唤火精灵伽耶那的，蓝色的珠子是用来召唤水精灵芙洛拉的。只要把其中一颗珠子扔到半空中，然后喊一声'现身'就可以了。不过，你绝对不能使用这两颗珠子。在七百七十六任队长里面，使用过这两颗珠子的还不到十个。他们在使用了珠子之后，全都死了。你听好了，除非发生重大事件，需要牺牲你自己来挽救蜡笔王国，否则绝不能使用这两颗珠子。好了，接下来，我要把你的部下叫过来。"

说完，猫头鹰便按下了穿衣镜右边的蜂鸣器。

很快，房子四周出现了"扑棱扑棱"的振翅声。最后，整个房子仿佛都陷入了这种声音旋涡之中。

"跟我出去。"

信雄跟着猫头鹰走了出去。一大群乌鸦正在空中画着圆圈。有几百只，不对，有几千只那么多。

"到上面那个广场列队！"

猫头鹰一喊，乌鸦们便猛烈地拍打着翅膀，朝山上飞去。

猫头鹰也飞了起来。当他看到只有信雄一个人被留在原地时，便对着他大声喊道："飞！飞起来！蜡笔王国的巡逻队长！"

信雄将两只脚站好，然后拼命地蹬向地面。这究竟是怎么一回事？

他的身体竟然轻轻松松地飘浮了起来，然后开始快速地往上空飞去。

很快，信雄便超过了那群乌鸦。

"这个队长的速度可真够快的呢。"一只乌鸦说。

"喂，队长，你要去哪里啊？"另一只乌鸦问。

"这个队长看上去像个马大哈呢。"第三只乌鸦说。

3.
寻找妈妈

　　在一片高耸的群山上，皑皑白雪正在阳光下散发着耀眼的光芒。近处那座平坦的小山峰上长着一些光秃秃的树木，树枝之间密密麻麻地布满了三角形的小芽和花蕾。没有阳光的时候，小山峰是深灰色的；在阳光的照射下，那里又会呈现出朦朦胧胧的淡紫色。

　　一片辽阔的原野从小山峰的山脚往外延伸。稻田里还保留着去年收割后剩下的黑色谷茬；菜地里的白萝卜叶和青菜叶散发着绿油油的光泽。

　　有一条小河像一根白骨似的，穿过一片已经完全

枯萎的芦苇丛。潺潺的流水声听起来就像是小河在窃窃私语。土桥下有一群鲫鱼正在水里打着转儿，河水轻轻地抚过他们昏昏欲睡的脸庞。白鹭单脚站在水中，小河正在给他挠痒痒。河面上波光粼粼。小河正朝着前方那条宽阔的主河干飞奔而去。

河岸上长着笔头草。他们顶着圆圆的脑袋，眺望着远处的树林，那里有一辆橘黄色的列车正"哐当，哐当"地行驶着。"扑通，扑通。"列车突然开始减速。原来，那里有一座小镇，聚集着一片红色和蓝色的小屋顶。驶出镇子后，列车又再次提速，发出一阵"哐当，哐当"的声响。没过多久，这辆快速行驶的列车就像被磁石吸入了一条圆形的山体隧道。出了隧道之后，铁轨分出了好几条岔道。列车沿着其中一条岔道不断地向前奔跑。接着，车身两旁出现了一排排大楼。那是一座大城市。在这座大城市的对面，是一片汪洋大海。

货船、扬起大帆的老船、像一座小岛似的邮

轮……当各种各样的船只在港口进进出出的时候，有一群海鸥在蓝天翱翔，看起来就像是天上忽然飘起了白雪。

蜡笔王国和信雄生活的那个世界并没有什么不同。这里没有任何信雄不知道的东西，他了解的东西这里也全有。镇子就是镇子的模样，村庄就是村庄的模样。山就是山，河就是河。

唯一不同的是，在这个地方，到处都是一幅悠闲自在的和平景象。

以信雄为首的乌鸦巡逻队不管飞到哪里，都没有遇到任何案件。作为巡逻队长，信雄只做过两件事。第一件事是，在港口的石板坡道上，他摊开一张地图，给准备去孙子家的狗爷爷指了路；第二件事是，一只松鼠宝宝交给他一颗外表光滑的橡子，小松鼠说不知道是谁不小心弄丢的。

缓缓流淌的时间就像婴儿熟睡时的呼吸声，将信雄慢慢地包裹在里面。

就这样过了四天、六天、一个星期。

等到起初那种担心会遇到大事件的紧张心情放松之后，信雄的内心又重新充满了一种朦胧的期待：在这个奇妙国度的某个地方，说不定可以见到妈妈。

他想：肯定是因为这个原因，神明才会把我召唤到这里来的。否则，我为何要待在这种地方呢？

只要远远地看见女性的身影，信雄都觉得对方像是自己的妈妈。

拎着购物小篮、穿着围裙的，竖起大衣领子、匆忙赶路的，戴着口罩、从医院里走出来的……每当看到这样的身影时，信雄便会拼命地追着喊："啊！妈妈！"

可惜，他每次都认错了。身为巡逻队长，信雄总是独自一人任性地朝着莫名其妙的方向飞奔而去，消失得无影无踪，只留下那群乌鸦队员在原地一脸茫然，不知所措。

这样的事情连续发生三四次之后，面面相觑的乌鸦们便纷纷抱怨道：

"我们的队长真是让大家为难啊！"

"他简直就像个没断奶的小婴儿。"

"还是上一任的队长办事比较牢靠。"

"我要给猫头鹰队长写封信。"

几天之后，当信雄结束沿海小镇的巡逻任务，回到宿舍的时候，他发现猫头鹰已经在那里等候多时了。

"队员们好像都不太看好你，"猫头鹰一脸严肃地开口说道，"当然，我觉得他们这么想也是有道理的。你绝对不能有片刻忘记自己是巡逻队长这件事。"

信雄心里很清楚自己做的那些令人羞愧的事情，于是，他沉默地低下了头。

"确实，你年纪还小。但是，你并不是个不懂事的小婴儿。再说，你是一个男孩子，绝对不能一味地往回看。"

"我想知道，"信雄突然开口说道，他的眼中闪现着泪花，"我想知道，自己能不能再见到妈妈。请你让我见见妈妈，我真的很想见她。"

"你在说些什么？"猫头鹰拼命地摇着头说，"冷静一点儿，你的妈妈已经去世了。她已经不在了。"

"这不是真的！"从信雄的胸腔深处发出了一道獠牙般尖锐的声音，"我能感受到妈妈。昨天和今天，我都能感到她就在我身边。以前，我从来没有这种感觉，妈妈正在我身边的某个地方看着我。你应该知道的吧？"

"你怎么这么不懂事！"猫头鹰正准备狠狠地训斥信雄，但他像是突然想到了什么，一下子沉默了下来。

信雄一看，便鼓起勇气，越说越起劲。

"我知道，妈妈就在这里，只要看一眼就可以，不说话也可以。请你让我见见她。"

猫头鹰重重地叹了一口气。然后，他像是下定了什么决心，对信雄说："好吧。明天凌晨，在太阳升起来之前，你到之前的那个海边来。"

"啊？你愿意带我去见我的妈妈了吗？"信雄忘乎

所以地喊了起来。

猫头鹰点了点头，然后逃也似的离开了房间。

这下子，信雄睡不着了。明天早上，他就可以在海边见到妈妈了。他能够见到妈妈了。

信雄心想：妈妈果然就在蜡笔王国。妈妈去世以后，又在蜡笔王国复活了。

"然后，妈妈召唤我来到了这里，"信雄无意识地喃喃自语道，"说不定我也已经死了。不过，死了也没关系。只要能见到妈妈，死了也无所谓。"

信雄的自言自语还在继续："妈妈，你认识清子妹妹吗？她是一个非常可爱的孩子。可是因为我，她的眼睛看不见了。哪怕用我的眼睛去交换，我也希望清子有重见光明的那一天。那个算命的说，妈妈的恶灵附在我的身上，在诅咒清子。怎么可能会有这么愚蠢的事情呢？那个人完全不了解妈妈。清子会好起来吗？妈妈，请你把清子治好吧。这么一来，那个人也会明白，我的妈妈绝不会做出那种让我们感到痛苦的事情。"

很快，信雄的脑海深处出现了一簇四处摇曳的火苗，那是闪着红光的妈妈的身影。过了一会儿，有一个声音伴随着亮光传了过来。妈妈好像正在那里抽泣。

现在是深更半夜。信雄已经连续发了好几天的高烧，现在终于退烧了。他感到身上有一种朦朦胧胧的舒适感。信雄一脸诧异地盯着妈妈，心想：妈妈为什么哭呢？这里是病房，信雄正躺在病床上。一盏登山小屋外形的台灯正照在枕头旁边的水杯和药瓶上。

妈妈越哭越响。信雄无法再继续沉默下去，他开口问道："你为什么哭啊，妈妈？"信雄的声音听起来非常稚嫩，像是三岁左右时的声音。

"因为妈妈高兴，心里高兴啊。"

妈妈用双手包裹住信雄小小的手掌，哭得更大声了。

"真的是太好了，退烧了。"

妈妈一边抽泣，一边用自己的脸摩擦着信雄的脸蛋，滚烫的泪水扑簌扑簌地掉落下来，湿了信雄一脸。

信雄想：那个时候，我好像得了痢疾，差点儿就死掉了。

此时，有大鼓的声音传进信雄的耳朵里，"哇嗦，哇嗦"的吆喝声变得越来越近。妈妈穿着那套和街坊邻居一起为参加庙会活动而特意统一新做的浴衣①。信雄穿了一件背上印染着红色"祭"②字的浅蓝色日式短外衣。妈妈牵着信雄，一起加入了拉花车的队伍。那辆花车上装饰着许多小灯泡，看上去非常漂亮。

每当花车遇到花车时，便会响起震耳欲聋的锣鼓声。信雄莫名地感到有些害怕。

这辆花车不断地走走停停。当停车时间比较长的时候，孩子们就会在大人们的脚边窜来窜去，在道路两旁的小摊上到处乱跑，买一些散发着诱人香味的铁板鱿鱼、裹着一层鲜红色糖浆并透着塑胶玩具般光泽

---

① 浴衣是日本的一种传统服饰，人们经常在夏季穿着。
② 日本的"祭"是一种例行的集市活动，也是一种仪式。

的苹果糖葫芦，以及看起来就很清凉的水中花 ①。

"我要回家，我要回家。"

信雄闹了起来。妈妈正准备去买点儿东西。于是，她就让前面的一位阿姨帮忙牵着信雄。当自己的手被一个陌生人拉住之后，信雄安静了下来。

"困了吗？我抱你吧。"

那个阿姨刚抱起信雄，他就"哇"的一声哭了出来。整个身体在那里剧烈地挣扎。这个阿姨长着一张黑黢黢的脸，脸上还有一张鲜红的嘴巴。原来，阿姨仍然保留着参加化装游行时的那副黑人装扮。

信雄哭着甩开阿姨的双手，抬腿跑了起来。一辆花车迎面而来，前头站着一个手提灯笼的叔叔。他摁住了信雄。

妈妈拿着气球跑了过来。信雄对着妈妈就是一通乱打乱踢。然后，他趴在妈妈的背上，手里拽着气球

---

① 一种在装满水的杯子里放入假花的装饰品。

的绳子，"咣当"一下，倒头便睡了过去。信雄手里那两只橘黄色和黄色的气球无声无息地一起往空中飘去，慢慢地消失在一片夜色之中。

当时那两只气球的颜色此刻正清晰地浮现在信雄的眼前。当他醒来时，已经是凌晨四点了。

周围仍然是漆黑一片。不过，等到了五点，天就会慢慢地亮起来。信雄换上巡逻队长的制服，走到了黑咕隆咚的屋外。然后，他沿着那条笔直通往海边的下坡路走了过去。

在南边的大海上空，天蝎座的星宿二正在低空闪烁着红色的光芒。上面的蛇夫座展开了双臂。武仙座中间凹陷的 H 形排列同样清晰可见。

凉风拂向海面。

海岸上没有什么人影，四周一片寂静。

终于，信雄来到了岸边。

他心里琢磨着，妈妈会从哪里过来呢？

妈妈不可能从海里过来。于是，信雄转身背对着海浪声，抬头望向了北斗七星所在的夜空。

四周逐渐出现了一片朦胧的亮光。黑色的山峰轮廓变成了深蓝色。

天空泛起了鱼肚白，北极星也渐渐地看不见了。

北斗七星的亮光变得越来越淡，慢慢地消失了踪迹。头顶正上方只有一颗牧夫座的主星——大角星。东边是一颗孤零零的白色织女星。

信雄把眼睛瞪得像铜铃那么大。他朝山背后的那一片原野望去，可是，哪里都看不到人影。

"妈妈——"

这时，猫头鹰悄无声息地出现了。

"看那边。"

和信雄的视线完全相反，猫头鹰竟然指向了大海的方向。太阳马上就要升起来了。

海平面出现了一道血红色的横向光线。这道光线越拉越长，逐渐变成了一种明亮的橘黄色。

信雄目不转睛地盯着海面，那里变成了一片银白色的雪原。银光和蓝光交相辉映，但看不到任何船只的身影。不安的情绪就像暴风雨，在信雄的心中横冲直撞，这反而令他无法开口向猫头鹰询问任何问题。

终于，太阳冲破了地平线。原本只有一片红指甲大小的亮光，变成了一个半圆形，接着，又变成了一个圆形。最后，那个圆形的亮光离开了海平面。

"看太阳，"猫头鹰说，"那就是你的妈妈。"

一瞬间，信雄感到自己被骗了，心里的那股劲儿一下子松懈了下来，整个人魂不守舍地呆立在原地。

"就像你妈妈生你、养你一样，太阳生养了所有生物。你的妈妈已经变成了太阳，正在那里好好地看着你。你瞧。"

信雄垂着脑袋，摇了摇头。

"不对，只是我在看着太阳，太阳并没有在看着我。"

"是这样吗？"猫头鹰反问道，"不是的，是你想错了。你重新抬头，好好看一下太阳。"

猫头鹰的话语中带着一股强烈的命令语气。信雄不由得抬起头，笔直地望向了太阳。

此时，太阳和地平线之间已经拉开了一丝距离。朱红色的光点纷纷洒落在海面上。刹那间，一道红色的光线横跨数万千米的海面，来到了信雄的脚边。太阳架起了一座光桥，笔直地通向信雄。

"不是你在看着太阳，而是太阳在看着你。如果你觉得我在说谎，那么你可以在这片海岸上跑跑看。无论你去哪里，太阳都会跟在你的身后。太阳一定会跟在你的身后。"

信雄走了起来。他一边走，一边半信半疑地看着太阳和大海。你猜发生了什么？太阳架起的那座光桥一直追随着信雄的脚步，牢牢地跟在他的身后。

一直跟着，一直跟着。

一道只连接着信雄和太阳的光线追着信雄过来了。信雄觉得，这道跨越大海而来的金光，仿佛就是妈妈的爱。

信雄跑了起来。不知为何，他一边奔跑，一边落下了滚烫的泪水。

"现在，你终于知道自己是太阳的孩子了吧。你的妈妈在那里看着你呢。就算你不看她，她也会一直看着你。"

信雄一下子瘫坐在了海滩上。

那条踏浪而来的光带看起来比刚才更宽了，颜色也更黄了。它正温暖地倾注在信雄的整个身体上。

终于，信雄抬起了头。他笑了笑，对猫头鹰说："我已经没事了。"

4.
花野平

　　这天，巡逻队来到了一个叫作花野平的地方。放眼望去，在这片广袤无际的原野上，各种时令野花正在争相绽放。

　　数不胜数的花朵在那里窃窃私语，还有虻虫和蜜蜂飞来时嗡嗡响的振翅声。除了被大雪覆盖的冬天以外，花野平一直都是个热闹喧嚣的地方。

　　阿拉伯婆婆纳和匍茎通泉草给大地铺上了一大块厚重的蓝白色花毯。

　　"哎呀，从这里开始就是我的领地了。"

说着，碎米荠从阿拉伯婆婆纳的蓝色花朵之间钻出来，围成了一个醒目的雪白花环。

在泥土堆积的山崖上，蒲公英正在晒着太阳。东北堇菜伸着优美的脖颈，专心致志地对着小镜子化妆。风儿带来了另一边小鸟们的合唱声。

马上就要到花野平的春季音乐会了。大家都是一脸幸福快乐的模样。

当天晚上，巡逻队在花野平扎帐露营。不过，乌鸦们去了远处的一片杂木林。只有信雄一个人在这片原野的正中央过夜。

到了半夜，信雄忽然听到有谁在抽泣。他恍惚地睁开了双眼，竖起耳朵，专心致志地听着外面的动静。

这是一个春天的夜晚，四周一片寂静。所有的花朵都还在睡梦之中。

正当信雄又要迷迷糊糊地睡过去时，一道微弱的呻吟声传进了他的耳朵里。

信雄起来了。

他确实听到了。有一道微弱的歌声合着悲伤的旋律从远方传来。

　　想要说些什么

　　却什么也说不出来

　　因为我知道你的答案

　　我只能沉默地望着天空

　　在这个异国他乡

　　啊——今天也是一片蓝天

　　信雄清醒了。在这个花野平的某个角落，不知是谁正在等待帮助。

　　整个晚上，信雄都在侧耳倾听，想要辨别歌声传来的方向。可是，他最终也没能成功。天亮了。

　　信雄立刻走到了帐篷外面。阿拉伯婆婆纳、蒲公英和苦苣菜依旧花瓣紧闭。他们还在睡梦之中。碎米荠的白色花朵已经神清气爽地绽放了。

"早上好。昨晚睡得好吗？有没有发生什么奇怪的事？"信雄问碎米荠。

"奇怪的事？哎呀，有一件非常奇怪的事！"其中一株碎米荠兴致勃勃地笑着说，"昨晚，蜜蜂三兄弟在我们这里过夜。他们三个可都是劳模，拼命地往自己的大袋子里装蜂蜜。一不小心，太阳都下山了。三兄弟没法回家了，就在那座油菜花桥旁边住下了。"

另一株碎米荠接着说："大哥借宿在宝盖草家，二弟在鼠麹（qū）草家，三弟在黄鹌菜家。半夜里，宝盖草来我家敲门，说：'真是对不住，能不能让我家客人住在你们这里？因为客人的呼噜声太响了，整座房子就像是在遭遇一场大地震，摇晃个不停，我们根本无法睡觉。'于是，我就让蜜蜂大哥住到了我家里。'揍——揍——'那个呼噜声真的很厉害。"

他旁边的一株碎米荠说："没过多久，鼠麹草就按响了我家的门铃，问我：'能不能让我家客人住在你们这里？因为客人的呼噜声让我很不舒服，他会发出那种'蜇——啊，蜇——啊'的声音。我可不想被蜜蜂蜇啊。'"

接着，又有一株碎米荠说："就连黄鹌菜都要把客人推给我们。他说：'那位客人的呼噜声很令人讨厌，'打——打——'，我可不要被自己好心留宿的客人打一顿。就这样，蜜蜂三兄弟全都住到了我们这里。他们仨并排睡在一起，哎呀，那可真是不得了啊！三弟发出'打——'，二弟发出'蜇——啊'，大哥发出'揍——'。'打、蜇啊、揍……打、蜇啊、揍……'，我们整个晚上都愁得不得了。你看，他们来了，那三只傻乐呵的蜜蜂。"

蜜蜂三兄弟好像完全没有意识到，自己给别人带来了多大的麻烦。他们规规矩矩地在那里做着出发前的准备，笑嘻嘻地歪着圆圆的脑袋，一会儿舔舔触须，一会儿又擦擦翅膀。

"你们有没有听到什么奇怪的消息?"信雄问那三只蜜蜂。

"嗯，最近大家都在讨论的，就是那朵花了。那么丑的花，我们从来没见过，也没听说过。"蜜蜂大哥回答。

"能不能详细地说一下？"

"详细地说一下？我没有亲眼见过，所以也说不出个所以然。不过，我听说啊，那朵花真的长得很丑很丑，丑到你看了第一眼之后，就不想再看第二眼。"

"据说，那朵花的脸黑乎乎的，就像用锅底灰在脸上胡乱涂抹了一把似的。"蜜蜂二弟说。

"另外，不是说那张脸就像乌龟壳，到处都是裂痕吗？"蜜蜂三弟补充了一句。

"不对，说是像蛇鳞，是突起来的。而且，那朵花臭气熏天，就算把阴沟里的淤泥给挖出来，大概也没有她那么臭。"

"听说，就连鬼蒟蒻（jǔ ruò）看到那朵花时，都被她的丑模样给吓呆了呢。"

"要说她像什么啊，听说和兔粪一模一样！"

"啊？兔粪？可是，她应该有花瓣吧……"碎米荠问。

"据说是没有花瓣的。"

"怎么可能会有没有花瓣的花？这么一来，她还能被叫作花吗？"

信雄有一种直觉，昨晚那首悲伤歌曲的主人或许就是那朵丑陋的花儿。

"去哪里可以见到这朵花？"

"听说，她在遥远的东方。究竟是在哪里呢？毕竟花野平可是很大的呢。"

蜜蜂们不知道那个地方。

太阳越升越高。乌鸦队员们一起过来迎接信雄。

信雄也问了队员们关于那朵丑花的事情。可是，谁也不知道那朵花在哪儿。

"比起这件事，我们还是快点儿赶路吧。下一站是蜻蜓大池。那里经常会发生一些重大事件。这个花野平没有任何异样。因为这里是蜡笔王国中最和平、最宁静的一个村子。"

但是，昨晚那个悲伤的歌声依旧紧紧地缠绕在信雄耳边。

"我想在这里再待一晚。我觉得，这里肯定会发生什么事情。你们先走。虽然我也说不清楚，可我这心里总是七上八下的。"

于是，乌鸦们便先行飞往下一个目的地——蜻蜓大池。

为了寻找那朵丑陋的花儿，信雄在这片一望无际的花野平大地上，一路朝东边走去。

没过多久，一阵花香混杂着乱哄哄的说话声从一座小山岗后面飘了过来。当信雄爬到山顶时，眼前便出现了一大片令人惊叹的荷花田。

一大群蜜蜂、食蚜蝇和熊蜂在花丛间飞来飞去。他们唱着、跳着、笑着、闹着，整个场面真是热闹极了。在这里，大家讨论的话题同样也是明天即将举办的音乐节和那朵丑花。

"我听说，那朵花不仅长得难看，脑袋瓜子也很奇怪呢。"

荷花们正在"嘿嘿嘿"说笑个不停，她们身上漂亮的粉色衣裙在风中轻轻飘荡。

"那朵花把豌豆叫作野哥，豌豆都气疯了！抓着人家就大喊野哥，别人生气也是理所当然的。"

"活血丹也一下子就被她给惹毛了。我听说啊，那朵花问他：'你是掘窗的吧？'活血丹回她一句：'我们家可没什么掘窗掘土的。'"

"这还算是好的呢。你们知道，蜂斗菜的花茎被那朵丑花叫作什么吗？——'你是管仓库的吧？'"

"哇，这真是奇耻大辱。蜂斗菜的花看上去明明就很富贵。"

"比起这个，荠菜就更惨了。'你是贼娃子吧？'真是的，竟然嚷着喊着叫别人小偷。"

"不过，最可怜的还是紫背金盘。那朵丑花跟他打招呼说，'你好，急屎疼'。"

073

"叫人家'急屎疼'也太过分了吧。"

"紫背金盘回答说:'如果我是急屎疼的话,那你算个什么东西?你的脸就是兔粪。'然后,紫背金盘就让他们家的亲戚云雀把兔粪抹在了那朵丑花的脸上。从那以后,那个外来的才慢慢地闭上了嘴。"

听到这里,信雄已经大致了解了情况。"野哥"应该是野葛,"掘窗的"应该是爵床,"管仓库的"应该是关苍术,"贼娃子"大概是瓦子草一类的,而"急屎疼"肯定就是鸡矢藤了。总之,无论是野葛、鸡矢藤、爵床,还是关苍术或瓦子草,全都是在秋季开花的植物。不知道出了什么差错,一朵本应该在秋季绽放的花儿竟然开在了这片春季的原野上。如此一来,那首悲伤的歌曲里的歌词含义就很好理解了。

"然后呢?那朵花现在在哪里?"信雄问。

荷花们也不清楚。这些花花草草生来就无法离开自己脚下的这片土地半步。因此,说起那些自己看不到的地方的时候,她们只会使用"那边""那里""另一边""在那个遥远的地方""太阳落下的地方"这样模糊不清的表达方式。

穿过荷花田，信雄来到了一片沼泽地旁。鼠麹草的黄色花朵看起来就像丝绸一样柔顺。盛开的野豌豆将枝蔓缠绕在鼠麹草身上，枝条上已经结出了小小的果子。

"长得丑，那是天生的，她也没办法，值得同情。"

"她连我们的名字都不知道，肯定是个笨蛋，这也是没办法的事。不过，我们不能原谅的是，那家伙是个大骗子。"

到了这里，大家讨论的话题依旧是那朵丑花。信雄静静地听着大家的议论。

"瓢虫怎么可能会发出好听的声音呢？菜粉蝶会像鸢（yuān）那样鸣叫吗？蚂蚁会唱歌吗？我们知道的虫子可不少呢，虫子是不会叫的。但是，那家伙竟然说虫子会叫，而且是那种'滴铃铃'的叫声……"

"还说有'嘶——'这样的叫声，真是荒唐。"

"就是！如果是鸟儿的话，倒是会'嘀哩哩'地叫呢。九官鸟可能还会说：'你好，请再来呀，小笨蛋。'可是，虫子怎么会发出'滴铃铃'这么复杂的叫声？"

"她还说，虫子是在晚上叫的。真是越说越不像话了。到了晚上，大家都要睡觉的呀。"

"那家伙可以脸不红心不跳地说出这样的谎话来，我们绝不能让她继续留在花野平这个地方了。"

"听说，明天的音乐节要收集大家的签名，要求把那家伙从这里赶出去。"

"请大家听我说。那朵花没有撒谎，"信雄一边说，一边向前走了几步，"发出'滴铃铃'叫声的是云斑金蟋。发出'嘶——'这种叫声的，是一种叫作日本似织螽（zhōng）的虫子。到了秋天的夜晚，到处都是这些虫子音乐家举办的演奏会，就像明天要召开的小鸟们的春季音乐会一样。话说回来，你们要赶走的那朵花，她现在在哪里？"

鼠麹草和野豌豆立刻闭上了嘴巴，只是用狐疑的目光打量着信雄。

这一天晚上，信雄依旧选择在露天野营。

半月悬空，照亮了广袤无际的花野平。

到了半夜，信雄听到附近出现了歌声。他跑出帐篷，披着月光，顺着歌声的方向走去。

　　相遇时的目光

　　如坐针毡，冰冷银光

　　分别时的鄙夷

　　如芒在背，痛彻心扉

　　异国他乡

　　啊——今晚也是繁星满空

　　独自生活，也没问题

　　至于朋友，可以不要

　　孤独的庭院如果真的存在

　　孤独的梦想或许也能实现

异国他乡

啊——今天也有风吹过

　　当信雄来到距离这位歌唱者只有数米远的地方时，歌声忽然消失了。

　　"喂——秋天的小草，开错季节的花儿，"信雄跟对方打起了招呼，"你在听吗？我是巡逻队长，我来这里是为了听你说话。"

　　"……"

　　附近确实有谁正屏气凝神地听着信雄说话。可是，信雄等了很久，那朵丑陋的花儿都没有出声回应，四周只有风吹草动时发出的沙沙声。

　　信雄并不在意，他继续对这位看不见的朋友说："如果你不想说话，那就不说。请你听我说，好吗？我有个老师，我们叫他右田老师，他说我是个骗人精。去年年末，有次我们班上理科课，大家一起观察螳螂卵。右田老师小心翼翼地拿出他找来的一颗螳螂卵囊给大家看。我和野岛同学他们不一样。螳螂卵囊在我看来，一点儿也不稀奇。当时，我就一个劲儿地说：'这个是广斧螳螂的卵囊，我知道有个地方，一下子就能找到一百颗左右的大螳螂卵囊。'右田老师突然走到我身边，在我的头上拍了一巴掌。他说：'你这个骗人精！明天带一百颗螳螂卵囊过来！'"

说着这话，当时的情景又一次浮现在了信雄的脑海中。

那天，信雄把书包扔在家里后，便拿着一个纸袋子跑到了附近的山上。对于哪里的枯芒草的草秆上有螳螂卵囊，信雄一向了如指掌。

夕阳照在那片长着枯芒草的斜山坡上，散发出一种枯黄色的光芒。没过多久，信雄就找到了十五六颗螳螂卵囊。此时，太阳落到了山脊上，芒草的颜色突然变成了灰白色。四周的温度一下子降了下来。信雄没有继续在原地寻找螳螂卵囊。他转身往另一个地方跑去。那个地方如今成了卡车的停车场，那些卡车是用来建造高尔夫球场的。

"我在那里又找到了三十五六颗螳螂卵囊。不过，太阳慢慢地落山了。我绝对不可能找齐一百颗。但我觉得，哪怕少了一颗，右田老师也会死死地认定我就是一个骗人精。所以，我又跑到了另一片平原上。我在那里只找到了三颗螳螂卵囊。于是，我决定第二天早点儿起床，再来找一次。"

第二天一早，信雄四点就起来了。他背着书包，拎着装有螳螂卵囊的纸袋子，朝着和昨天不同的另一座山跑去。

"在上课之前，我必须找齐一百颗螳螂卵囊，然后冲进学校。不，就算迟到，我也一定要找到一百颗。当我踏上山路时，天已经亮了。我在那片芒草原上跑红了眼。就这样，终于找齐了一百颗螳螂卵囊。当我冲进学校时，刚好是八点钟。

"我跑进老师的办公室。右田老师也刚进来，他正重重地把自己的包放在办公桌上。我对他说'给你，老师'，然后就把装有螳螂卵囊的袋子平放在老师的包上。袋子倒了，一些干巴巴的螳螂卵囊从里面滚了出来。女老师们尖叫了起来。'这里刚好有一百颗。'我说。可是，右田老师什么也没说。我就直挺挺地站在那里，盯着右田老师看。那个时候，我有多么厌恶右田老师，右田老师就有多么厌恶我呀……"

信雄的声音在颤抖，他感到自己快要喘不上气了。

"啊——哪怕右田老师只说一句'我不应该说你是个骗人精'，就算不说这个，哪怕他说一句'干得不错，谢谢'，可是，老师却说：'脾气真倔！这么固执，不改可不行。还有啊，你把这些放回原来的地方去。毕竟这些也是有生命的。'我气坏了，把螳螂卵囊一股脑地全都倒在了老师的桌子上，然后直接跑出了办公室。"

信雄忽然没了声音。他清晰地感受到，有一个小小的生命正在静静地等他说出后面的故事。不过，信雄沉默了一会儿。

夜风吹得人脸上凉凉的。信雄感到自己正在流泪。

"啊——我从来没有和别人说过这件事。说出来之后,心里轻松多了。啊——我现在终于明白了。这样的怨恨根本不值得把它藏在心里。不对,绝不能把怨恨这种东西憋在心里。心里怀着怨恨,就会变得越来越恨。怎么样?你也和我说说话吧?喂,地榆!"

似乎被突然叫到的名字吓到了,黑暗中传出了一道惊呼声。没有花瓣,长得跟兔粪一样,还像涂了锅底灰似的、带着裂痕的花朵。直觉告诉信雄,这应该就是地榆。他猜对了。

此时,只有如水的月光照在花野平这片大地上。

过了一会儿,终于传出了地榆那细小的声音。有一株花出现在信雄的眼前,光秃秃的枝丫上长着红豆似的花朵。

"我只剩下两三天的生命了。可是,如果怀着对花野平居民的恨死去,这会让我感到很痛苦。巡逻队长,你现在还恨那位老师吗?"

"恨!"信雄回答,"我恨的是,遇见那位老师之后,我的心变坏了。如果他没有出现,那我就可以继续做一个性格坦率的好孩子。"

"对那位老师而言,情况不也是一样的吗?"地榆的声音仿佛能够沁入人的内心深处,"在我来到这里之前,花野平的居民们,比如蒲公英、东北堇菜、荷花,还有碎米荠,大家都很亲切善良。我的到来改变了这一切。我也不知道为什么会变成这个样子。但是,可以肯定的是，我被他们当成了坏人，而他们也因为我，变得喜欢刁难别人。如果我没有出生在这里，他们就能一直那么亲切友善了。

"这么一想，我好像明白了为什么他们会厌恶我。是我让他们变坏了，变得不像自己。可是，我又能有什么办法改变这一切呢。"

"我没想到这一点，"信雄痛苦地说，"我从来没有想过，是自己让右田老师变坏了，所以他才会厌恶我。不过，我觉得，你说的话很有道理。老师厌恶我，这确实是因为我把他性格中那不好的一面给激发出来了。可是，我该怎么办呢？"

"你还有未来。我却时日不多了。"

"在明天的音乐节上，我就去告诉那些春天的花朵，你说的全是真的。"

"他们不会相信的，"此刻的地榆就像在跟一个朋友坦诚地交谈，"如果我就这么死了，我当然是很可怜的。可是，一想到我只做了一件事，那就是让那些春

天的花儿的心变坏了，我就感到难以忍受。啊——我
究竟该怎么做，才能让他们相信我呢？"

这时，明亮的月夜中传来了轻微而清晰的啾啾声。

"啊，那是蒙古沙鸻（héng），"地榆忽然兴奋地
抬高了声音，"他们是我们秋天时的朋友。如果他们能
来我这里的话……"

"这个简单。"说着，信雄便高高地举起双手，用
脚蹬了蹬地面。

丝绵般的白云飘浮在夜晚清凉的空气之中。穿过
两三片云朵之后，信雄看见了几只蒙古沙鸻。

蒙古沙鸻以为来的是猛鸷，吓得四处逃散。

"停下来！我是巡逻队长。"

听到信雄的呼叫声后，蒙古沙鸻们一边说着
"啊——吓死我了"，一边聚到了信雄身边。

信雄一边把可怜的地榆的故事告诉了蒙古沙鸻，
一边降落到地面上。

蒙古沙鸻一下子全都跑来围住了地榆。

"哎呀，好可怜啊，迷路的小花。"

"一定很寂寞吧。"

"啊，这张脸被欺负得好惨啊！"

蒙古沙鸻们用自己细长的嘴巴，仔细地将涂抹在地榆脸上的兔粪抠了下来。

"谢谢你们，蒙古沙鸻。谢谢你，巡逻队长。"地榆对信雄说，"多亏了你，我才鼓起了勇气。你还帮我叫来了朋友。接下来，我想依靠自己的力量去尽力一搏。谢谢你，就算我死了，也不会忘记你的这份好意。"

"我也是。能遇到你，真的是太好了。"信雄由衷地说，"一切都会顺利的。明天见。我先去稍微睡一会儿。"

此时，月亮已经转到了西面的夜空。天马上就要亮了。

信雄这两天几乎都没怎么合眼。因此，他一钻进帐篷，就立刻沉沉地睡了过去。

"嘎呀嘎呀，嘎呀嘎呀。"

"噼里啪啦，噼里啪啦。"

四周一片嘈杂，就像发生了火灾一样。信雄从床上一跃而起。

他跑出去一看，发现太阳已经高高地悬挂在半空中，花野平到处都是一片灿烂和煦的春日景象。几千只小鸟在空中飞来飞去，嘴里不断地喊着："把那朵丑花赶出去！请大家签下自己的名字。"

蒙古沙鸻们正在拼命地阻止那些小鸟。双方你来我往，天上地下，闹成一团，吵得不可开交。

信雄挥舞着双手，大声喊道："请安静！请安静！"

看到信雄那身巡逻队长的制服后，小鸟们慢慢地安静了下来。

"今天是音乐节，你们却在这里制造这种无聊的骚动。春天的花朵们，难道你们不知道应该善待来自外域的客人吗？"

信雄的话立刻使野花们群情激愤，反驳声像狂风般呼啸而来。

"那家伙竟然叫我小偷！"

"那家伙说谎骗人！"

"这些全是误会。"信雄声嘶力竭地喊了出来。接着，他将事情的来龙去脉告诉了大家。

一开始还在小声抱怨的花朵们渐渐地没了声响。尤其是当信雄质问，是谁把兔粪涂在地榆脸上时，所有花草都羞愧地低下了头。

"你们把人家叫作丑花。现在，你们可以好好地看看地榆，她难道不美吗？丑陋的是把兔粪涂在人家脸上的你们。"

大家全都看向了地榆。

多亏了蒙古沙鸻帮忙清理，现在地榆的脸看起来十分干净，在春光的照耀下，仿佛色泽鲜艳的红宝石在闪闪发光。多么美丽的深红色啊！

这时候，不知从什么地方突然冒出了一个身穿浅蓝色连衣裙的少女，窈窕的身材，浅蓝色的眼睛，连那一头长发都散发着浅蓝色的光泽，她的头发上还佩戴着一朵硕大的蓝色睡莲。

信雄呆呆地看着对方。她实在是太美了。

少女的目光落在了正散发着幸福光芒的鲜红色的地榆身上。忽然，她蹲了下来，将这株花摘走了。

"你……你在干什么？！"

信雄的话音未落，少女就已经把摘下来的地榆捧在了自己手里。

"还回来！你马上给我还回来！"

少女回头看向信雄，眼中流露出一道与她的美貌不相匹配的锐利目光。

"这是我的花。"

"这不是你的花。她是花野平的地榆。快！你给我还回来。"

"我不要。"

信雄气得脸都变形了。他一步步逼近少女。

"这是命令！把地榆交出来！这是巡逻队长的

命令！"

但少女依旧是一脸泰然自若的模样。信雄把手按在佩剑上，命令乌鸦们："给我抢回来！"

可这究竟是怎么回事？乌鸦们似乎变成了一块块黑色的小石头，吓得一动也不敢动。

"你不知道这朵花是怀着怎样的心情活下来的。快，还回来！"

信雄用力地握住了少女的手腕。那个手腕冰冷得让人吃惊。

"你在干什么？"少女甩开信雄的手，接着，她往后退了两三步，"我是水精灵芙洛拉的独生女苏西。你不认识我吗？我一定会把你刚才的无礼行为告诉我妈妈。"

"救救我，队长！"地榆在少女的手里叫了起来，"我还有必须做的事情。我现在还不能死！救救我！"

"我不管什么水不水精灵的，既然这样，那我就只能逮捕你了。"信雄下定决心，摆出了准备逮捕对方的动作。

"你想要的话，就自己来试试吧。"

少女像唱歌似的回了一句，语气中带着轻蔑的味道。刚说完，她就摘掉地榆身上的一朵花，高高地抛向了天空。接着，她又摘下另一朵花，一边扔一边逃走了。

信雄勃然大怒，朝着少女追了上去。可是，对方的脚底就像生了风，一下子便跑到了小河边上。"扑通"一声，她消失在了河水下。只有那朵原本戴在她头发上的蓝色睡莲顺着水流摇摇晃晃地漂走了。

事发突然，花野平的花儿们全都惊呆了。等到音乐节按时开始之后，大家才慢慢地恢复了一些精神。

暗绿绣眼鸟乐团的合唱，黄莺兄弟的笛声，啄木鸟的大鼓三重奏。

接着，轮到蒙古沙鸻出场了。他们要用木琴演奏一曲《秋天的原野》。

蒙古沙鸻的领队出来致辞说："关于秋天的原野

有多么漂亮，我想大家已经从地榆那里听到很多了吧。请大家闭上眼睛，一边回忆地榆说的那些话，一边欣赏这首曲子。我相信，大家的心中肯定会浮现出秋天原野的美丽风景，并且还能听到热热闹闹的虫鸣声。"

很快，空气中便传来了一阵木琴声。春天的花朵们闭上双眼，回想起地榆曾经说过的那些话。

于是，大家听到了秋风的声音，云斑金蟋的"滴铃铃"，石蛉的"咶咶咶"，纺织娘的"织织织"，日本似织螽的"嘶——嘶——"声。

接着，大家眼前出现了黄色的黄花败酱草、紫色的日本蓝盆花、洁白的梅花草、银色花穗在风中摇曳的芒草丛，以及夹杂在中间的那株地榆的鲜红色花朵……

直到这一刻，大家才明白，原来地榆说的全都是真的。他们这才发现，自己做了多么过分的事情，让地榆度过了怎样悲惨的一生。

当曲子结束时，花朵们全都抽抽搭搭地哭了起来。

"地榆好可怜。"

"我们应该怎么做才好？"

周围哭声一片，其中还夹杂着悲痛的叫喊声。

"我想向地榆道歉，可是她已经不在了！"

这时，从舞台上传来了一个细小清脆的声音。

"谢谢大家，我在这里。"

大家惊讶地紧紧盯着舞台。只见蒙古沙鸻举起双手，手里拿着敲打木琴用的那根小木槌。

地榆出现在小木槌顶部的圆球上，散发出一道道红色的光芒。刚才那首曲子就是地榆在生命的最后一刻奏响的秋之乐章。

"一直以来，我都觉得自己很不幸。可是，我现在觉得没有比我更幸福的花朵了。谢谢你们，让我变得如此幸福。谢谢你们，谢谢……大家……"

说完，地榆的声音便消失了。她再也没有开口说话。

鸟儿和花儿都哭了。

蒲公英哭了，黄色的花瓣随着眼泪纷纷掉落；东北堇菜哭了，沉重的眼泪将整张脸都压在了地面。

信雄也哭了。

当他不经意地抬起自己哭累了的双眼时，信雄看到刚才那个浅蓝色的少女正站在这片原野的尽头。

两人之间隔得很远，信雄看不清对方的脸。可是，那个少女好像也哭了。

5.
翻越雪山

在这片广袤平原的另一头，群山峰峦起伏，一座连着一座。有的山圆鼓鼓的，有的山是三角状的，还有的山是梯形的。这些山都不是很高，就连远足踏青的小学生都能爬上去。不过，在那些山的背后，耸立着的全是一些幽深险峻的山峰。岿（kuī）然不动的群山蕴含着一股强大的力量，就像是一个个绿色的巨灵挽着胳膊，居高临下地俯视着这片原野，阻挡了人们前进的道路。

在更远的地方，群山密集，山顶积雪常年不化，海拔高达四五千米。没有人知道那些山有多宽、有多厚。它们拦住了巡逻队的去路。

"那里就是锯子山地,"乌鸦队员告诉信雄,"从这里开始,我们就无法像之前那样自由地飞行了。"

据队员们说,这里上空有一股冰冷的气流在以极快的速度东奔西窜。一旦被卷入气流旋涡,翅膀马上就会变得不听使唤。气流会将鸟儿们直接甩在雪地或岩石上摔死。

乌鸦们说得没错。只要稍微飞高一点儿,风就大得让人难以呼吸。这股强风一下子便将信雄往西吹出四五十千米,向他展示了自己的威力。

乌鸦们从锯子山地的山脚出发,往前方寻找一些地势较低的山谷。大家沿着"Z"字形的路线,进入了这个只有大雪和岩石的世界。

湛蓝的天空让人看得两眼直发酸。当眼前出现一大片蓝天时,巡逻队必定会遭遇猛烈的气流。为了不被这片蓝天发现行踪,巡逻队就像在玩捉迷藏,不断地绕着远路，往更低、更狭窄的山谷飞去。

但这里的气温实在太低了，乌鸦们只要飞上十分钟，翅膀便会失去知觉。信雄努力地睁开双眼，却不知道自己究竟在看什么。这个蓝白色的世界仿佛是一块幕布，正在风中摇曳不停。有时候，当信雄猛地回过神，便发现自己差点儿就要撞上前面的岩石。这样的千钧一发之际，时时刻刻都在上演。

巡逻队刚起飞没多久，很快就又要停队休息。就这样，队伍不断地飞了停、停了又飞。在山谷的底部，布满了原木搭建的登山小屋。这些小屋既是避难所，也是食物补给点。

乌鸦队员们像蝙蝠一样，挤在一间狭小的登山小屋里，看起来就像挂着的一串铃铛。大家一边忍受着严寒，一边啄着压缩饼干。

这样艰辛的旅途已经持续了好几天。有一次，信雄自言自语地说了一句："我们大概走了有一半路程了吧。"乌鸦们听到后，全都笑了起来："我们连十分之

一的路都还没走完呢。"

某天早上，从天空到山顶，从山顶到谷底，整个天地全都笼罩在一片浓雾之中。白色的积雪上空弥漫着一层奶油色的雾气，让人什么也看不清楚。沾在翅膀上的小水珠很快就会结冰，这令乌鸦们根本无法展翅飞行。

巡逻队不能离开登山小屋半步。第二天、第三天也是同样的情况。整座山都浸染在这片雾海之中。剩余的食物越来越少。

到了第三天夜里，开始出现寒风呼啸的声音。这股大风或许可以吹散雾气。信雄微微地松了一口气。接着，他便进入了浅睡眠的状态。

啊，灯还开着，信雄想。

浴室的灯光透过隔门的缝隙，化为一道黄色光线，斜斜地照进信雄的睡房中。信雄在心里嘀咕着，妈妈还没睡啊。

可是，浴室里没有任何动静，大概是妈妈忘了关灯。

　　信雄悄悄地爬了起来。为了不吵醒妹妹，他轻轻地抬起隔门，把门推开了一条缝。然后，他朝着浴室走了过去。

　　浴室里没有人，果然是妈妈忘了关灯。正当信雄准备关灯的时候，他看见洗衣篮里放着一副爸爸脱下来的手套。信雄用手指夹起手套看了看。然后，他拧开一点儿水龙头，在确保不会发出水流声后，拿起肥皂开始洗起了手套。

　　在成为一名出租车司机之前，信雄爸爸在同一家公司里开公交车。他在开公交车时养成了一个习惯，那就是握方向盘的手一定要戴一副洁白的手套。信雄的妈妈在去世之前，每天晚上的最后一项工作就是将洗干净的手套用熨斗烫好。不管电视里正在播放多么有趣的节目，也不管信雄是否还在看书，只要熨好了手套，妈妈就会立刻关掉电视，熄灯睡觉。

　　对妈妈而言，熨手套似乎是一项特殊的工作，意味着这一天的结束。因此，爸爸从来没有戴过脏手套。妈妈去世后，这个工作就落到了信雄的身上。不过，新妈妈来了之后，信雄就不用再做这件事了。

新妈妈自己也要去电话局上班，有时候回家比爸爸还晚。因此，需要清洗的衣物就会堆在那里。衣服只能晚上洗，所以经常到了第二天早上，手套还是湿漉漉的。

信雄心里很难过。对他来说，给爸爸洗手套是一件很简单的事情。可是，信雄心里很清楚，要是把这话说出口，不仅会伤害新妈妈，爸爸也不会高兴。新妈妈想通过增加手套的数量来解决这个问题。虽然她买了好多副新手套，可是因为爸爸每天都要使用手套，所以还是会出现不够用的情况。当爸爸发现自己只能把丢进洗衣篮里的脏手套拿出来再戴一天的时候，他的脸上便会浮现出不满的神情。新妈妈看到爸爸的这个反应后，并没有反省自己的失误，反而带着满肚子的焦躁和牢骚，责怪丈夫无法丢掉这个被前妻养成的习惯。

刚洗好的白手套就像是自己的丈夫和前妻之间的爱情见证。正因为如此，新妈妈的心中便有了一份不愿屈从的叛逆心和嫉妒心，而且这份心情就像烈火一般熊熊燃烧。

信雄洗完这副手套之后，忽然想到那堆衣服下面说不定还有其他手套。于是，他把整个洗衣篮翻了过来。

果然，信雄看到爸爸的另一副手套就放在最下面。他用指尖将手套扯了出来。

可是，这两只手套的手掌部位竟然沾满了鲜红的血渍。这让信雄大为吃惊。

爸爸受伤了！信雄心想。

就在这时，浴室的门一下子打开了。有一个可怕的东西正站在门口。一个可以将信雄狠狠教训一顿的怪物正在那里一动不动地看着他。信雄就像被鬼压了床，全身无法动弹。

"喂，喂。"

喘气声突然消失了，信雄睁开了眼睛。

此时，身穿一条长长的浅蓝色连衣裙的少女正站在那里。她是苏西。她是什么时候，又是如何进入这座登山小屋的呢？

"可不是我想要来的，"少女开口说道，"是我的纽扣无论如何都想要见你一面。"

信雄抬头看向少女挺起的胸口，那里的三粒纽扣是三朵鲜红的地榆花。

"怎么样？这些纽扣很适合我吧？"

"队长，我们又见面了。"已经变成纽扣的地榆花声音纤细而愉悦。

"啊——太好了，你能以这种方式继续活着……"

"这下子，你可以原谅我之前做的那些事了吧。只要我活着，这些花也能继续活下去。"

"你是说，她们可以永生吗？"

"怎么可能？"苏西微笑着说，"我的生命也是有限的呀。"

信雄察觉到乌鸦们正屏气凝神地听着两人之间的对话，这让他产生了一种莫名的拘束感。

"我们去外面吧?"

对屋外的情形一无所知的信雄提了这么一个建议。

"好啊。"

苏西打开了登山小屋的大门，一股狂风呼啸着涌进屋内。信雄下意识地用手遮住了自己的脸，整个身体被风吹得倒退了好几步。

苏西牵起信雄的手，对他说:"我们去下面那片山谷吧，那里很安静。"

狂风吹得人无法抬头。岩石上的雪已经是半结冰的状态。苏西和信雄顺着这块岩石往左拐了一个弯，然后朝山下走去。风一下子就消失了。仿佛原本戴在头上的厚重帽子突然被风吹跑了一样，整个脑袋变得无比轻松。

抬头望去，头顶是晴空万里。一座座山峰宛如一把把白剑浮现在藏青色的夜色之中。闪闪发光的金黄色半月，就像被粘贴在了山峰的上空。

苏西轻松自如地走在一条结了冰的岩棚^①小道上。随风飘动的浅蓝色长发宛如抛光后的贝壳，在月光下闪烁着美丽的光泽。

"多么美丽的景色啊！简直就像走在一座冰雪宫殿里一样。你比童话故事里的公主还要漂亮……"

无论是头顶，还是脚下，到处都是棉絮般的白云在缓缓流动。

没过多久，眼前便出现了一片广袤的雪原。那里似乎有许多嘈杂的声音。

苏西突然停下了脚步，一双湖水般浅蓝色的眼睛紧紧地盯着信雄。

"谢谢你送我，我们就在这里告别吧。"

---

① 岩棚是一种突出的岩石，像平台一样。

"队长，快拦住她！"苏西胸前的地榆纽扣叫了起来，"她要去打仗！"

"你说打仗？！"

听到信雄的惊呼声后，苏西就用一种哄小孩似的语气笑着说："是呀，童话故事里的公主之战。你看那边。"

信雄目不转睛地望着苏西指向的那一片空旷的雪原。他发现那里其实并不是一片原野，而是一大片平整的云朵。在那片云朵上面，有成百上千名和苏西一样穿着浅蓝色服饰的少女。和苏西不同的是，这些少女穿的是浅蓝色的短裤和靴子。另外，她们的腰间还佩着一把短剑。

"你们要和谁打仗！在哪里打……为什么打……"

听到信雄的质问后，苏西放开了他的手。

"你绝不能离开这里半步。"苏西表情严肃地命令信雄，"如果你动了，就会从云上掉下去摔死。在你的那些部下过来之前，你绝不能随意乱动。"

说完，苏西就站到了那片云朵上面。她越飘越远了。

"立正！"

口令声回荡在四周的空气中。水精灵的女兵们全都一动不动地站在那里迎接苏西。与此同时，白色的云海翻滚涌动，不断地往四周弥漫开来。到处都是浅蓝色少女的队列，在云朵之间忽隐忽现。空中传来了一阵靴子踏地的声音。"出发！""脚步对齐！"到处都能听见这样的口令声。

很快，所有的声音都消失了，周围出奇的安静。

信雄的耳边响起了乌鸦的声音："队长！你没事吧？来！请跟在我后面飞。"

信雄好不容易回到登山小屋时，载着水精灵们的那片大白云正从半圆形的月亮的正下方快速掠过，朝着远方飘去。

信雄似乎听到了一声微弱的"再见"。不过，这或许只是他的幻听而已。

那是苏西的声音，还是地榆的呢？信雄心想。

乌鸦们根本无法顾及队长的这份心思。此刻，他们正紧盯着那片越飘越远的云朵，纷纷叫嚷了起来："怪不得呢！总觉得这雾气很奇怪，原来是那群水精灵把运输兵队的云聚集到这座山上了。这下子好了，从明天开始，前面的路就畅通无阻了。"

正如乌鸦们说的那样，后面的旅途什么怪事也没发生。信雄也学会了一边躲避气流旋涡，一边往前飞行。

一天，天空突然变得浑浊不清。乌鸦们高兴地说："我们已经靠近伽耶那山了，就在附近。"

伽耶那山位于锯子山地的最南边。那是一座巍峨雄大的活火山，山顶一直在往外冒烟。靠近这座山就意味着这段漫长艰辛的旅途终于要结束了。

愈往前飞，天空就变得愈发浑浊，空气中还夹杂着细碎的火山灰和一股呛嗓子的硫黄味。

这天，巡逻队终于看到了白色锯子山对面的伽耶那山。乌云覆盖的山顶让人看不出那里的颜色，不过，深棕色的山体看起来就像涂抹了一层炭灰。伽耶那山比锯子山地中任何一座雪山都要高大。高高耸立的伽耶那山通体漆黑，正在不断地往外冒着黑烟，给人一种不知道是雄壮还是奇异的感觉。山顶喷射出的小型火山弹烧得滚烫，时不时地从巡逻队的前后方飞过。

在伽耶那山的南侧，已经没有任何高山了。那里是一大片深棕色的熔岩沙漠。再往南飞行一段距离之后，巡逻队终于看见了期盼已久的绿色山峰。

"万岁。"

巡逻队一下子降低了飞行的高度。闷热的夏季空气扑面而来。大家终于站在了一片令人怀念的郁郁葱葱的大地上。

6.
前往蜻蜓大池

此时，巡逻队一行正在赶往南贝尔。南贝尔是这一地区的中心城市，也是巡逻队分部的所在地。

现在，当地已经进入了夏天。阳光明晃晃地照在大地上。白天时，不要说在外面走路了，就连飞在空中都让人感到难以忍受。那些为冰雪和寒冷发愁的锯子山地的往事，如今都变成了令人怀念的回忆。

信雄的队伍朝着平地一路向下走去时，看到周围的树木全都变成了红色的枯木。干巴巴的稻田里长着枯萎的稻子，毫无绿意的菜地里寸草不生。

"好严重的干旱啊!"

巡逻队抵达南贝尔后,发现原本热闹喧嚣的大马路上,如今连个人影都没有。大楼的窗户上布满了灰尘,仿佛遭遇了一场沙尘暴。停在路上的那些汽车全都蒙上了一层薄灰。

穿过好几条林荫树枯萎的大马路后,信雄一行终于走进了巡逻队分部所在的那座大楼。

"唉,我们就在这里讨口茶喝吧。"

屋子里只剩下一个南贝尔巡逻分队的队员在那里迎接信雄他们。这名队员一听到乌鸦的话,便有气无力地笑着说:"就算我想给大家上茶,那也是有心无力啊。城里已经没有水这种东西了。自来水已经停了一个星期。总之,水源地那边完全不下雨了。"

这一地区的水源地位于城市的西北方向,刚好就在信雄等人之前经过的那座伽耶那山的山脚下。那里有一个叫作蜻蜓大池的巨大湖泊。湖的四周还分布着好几个水池。从蜻蜓大池和周围的水池里流出来的湖水成了该地区的水源。可是，那里今年几乎没有下过雨。

"从来没有发生过这样的事情……"

这名南贝尔巡逻分队的队员开始把情况一五一十地告诉信雄他们。就算天上滴雨不下，锯子山地的融雪也会流入地下，然后注入蜻蜓大池那片湖沼地带。因此，大家从未想过会出现缺水的一天。

可是，今年不知道是不是地下水的流向发生了改变，蜻蜓大池的水位严重下降。从大池流出来的四条大河全都已经干涸。从天上往下看，可以看到整个河床，就像一条条路面皲裂的道路。

为了找出断水的原因，巡逻队决定暂时停驻在这座死气沉沉的城市里。

在一个街角处，信雄看到有一辆和爸爸开的出租车相同颜色、相同型号的车子被遗弃在那里。车身覆盖着一层白色的尘埃。信雄一下子想起了之前那个关于手套的梦，心里有些难受。

信雄想：爸爸还好吗？我不见了，不知道他会有多担心。爸爸会不会担心得出车祸呢？

信雄的心中出现了这么一个场景。爸爸开车载着客人的时候，看到有一个背影和信雄一模一样的小孩。为了看一眼这个小孩的正脸，爸爸开始提速超车。那个孩子却忽然跑了起来，往左边拐了一个弯。爸爸把方向盘打向了左边。啊！一辆卡车迎面而来！那里明明是一个禁止左转的地方啊。

信雄狠狠地敲了一下自己的脑袋。他用手指在积满灰尘的黑色车身上写下"爸爸"两个字，想了一会儿之后，又继续写下"请多保重"。信雄一动不动地盯着自己写的这些字，最后，他用汉字写下了自己的名字——"信雄"。

就在这个时候，一阵洪亮的击鼓声忽然出现在这座毫无生气的寂静城市里。没过多久，信雄就看到一支庞大的队伍一边唱，一边沿着主干道走了过来。

咔嚓咚咚，咔嚓咚咚

雨啊雨啊，快点儿下

又多又密，快点儿下

咔嚓咚咚，咔嚓咚咚

雨啊雨啊，快点儿下

又多又密，快点儿下

　　灰色的大街瞬间变成了一片翠绿色。这条"绿色地毯"正在一边演奏乐器，一边往前移动。

　　雨蛙们各自拿着一片兔儿伞①叶子，唱着祈雨歌过来了。这一带的雨蛙倾巢而出，足足有几百万只。他们敲着大鼓，吹着笛子，唱道：

　　红豆饭上，加上小鱼

　　再来一杯，美味甜酒

----

① 兔儿伞是一种草本植物，叶子的外形酷似一把破伞。

白米饭上，倒上茶水

再来五片，酱菜下饭

雨啊雨啊，快点儿下

咔嚓咚咚，咔嚓咚咚

只有在这个时候，被留在城里的市民们才会三三两两地来到屋外。他们把自己事先预留的水倒入盆中，然后拿出来犒劳这些皮肤干裂、摇摇欲坠的雨蛙。

事情就发生在这天的傍晚。

北方的天空中，有一片积雨云越长越大。最后，城市上空笼罩了一大片乌云。在市民们的祈祷声中，令人望眼欲穿的雨水开始纷纷从天上掉落下来。

"成功了，雨蛙们！"

暴雨中汇聚了以各种方式庆祝的市民。有的光溜溜地冲到大马路上，兴高采烈地在那里跳起舞来；有的在自己身上涂满香皂，准备痛痛快快地搓一顿澡；还有的为了收集雨水，把所有容器都拿出来摆放在马

路上，从洗脸盆到塑料垃圾桶，可以说是应有尽有。

南贝尔整座城市就像获得新生，喧嚣沸腾了起来。然而，在这快乐的一晚过去后，第二天，从一百千米以外一个叫作新巴托的地方传来了一个可怕的消息。新巴托在一场大洪水中惨遭灭顶之灾。

"啊？洪水是从哪里来的？"

这个消息令南贝尔的居民目瞪口呆。因为新巴托这座城市建在一座山岗上，距离下面的河流还有很长一段距离。

"真是令人难以置信。"

信雄立刻带领乌鸦们出发了。

眼前的情景让人汗毛直立。新巴托背后的那座山发生了土崩。整座山就像被妖怪挖了一个口子，正在源源不断地往外缓缓吐出褐色的泥石流。整座城市被埋在了泥塘下面。

信雄的直觉告诉他，那么雄伟的一座山绝不可能因为一个晚上的降雨量就发生土崩。是不是从几个月前，锯子山地的融雪就已经改道往这边走了呢？

站在这个地方，可以清楚地看到伽耶那火山。山顶的浓烟顺风飘向了山的背面，因此，这座黑色大山的雄姿变得一览无遗，就连山顶附近的区域也能看得清清楚楚。

信雄决定先去调查一下蜻蜓大池。

果然，大池所在的那片高原依旧草木茂盛，郁郁葱葱。

布谷鸟在悠闲地鸣叫，淡紫色的玉簪花正在绽放。

没过多久，从西面的天空中传来一阵巨大的振翅声。那里的天空已经是黑压压的一片。

"那不是蝗虫大军吗？"

乌鸦们叫了起来。等大家靠近一看，才发现原来那是一大群黑得发亮的龙虱。

"你们要去哪里？"

听乌鸦这么一问，龙虱们便苦着一张脸，你一句我一句地说了起来。

"我们要是知道自己应该去哪里就好了。"

"大池女神说：'有翅膀的东西都给我离开。'我们不能留在这里了。豉甲和长蝎蟒都已经离开了。"

"我们第一次接到这么冷酷无情的命令。可是，我们不能违抗女神。"

巡逻队又往前飞了一会儿。这次，他们发现草原上出现了一条长长的鲜红色条纹，看起来就像是一根红绳。

巡逻队降落到地面一看，原来那根红绳是一大群小龙虾。他们整整齐齐地排成四支纵队，正在慢吞吞地一步步往前爬。

"你们要去哪里？"

小龙虾们一听，同样露出了悲伤的神情。大家一边挥舞着红色的大钳子，一边向巡逻队诉苦。

"哪有什么地方可以去啊！"

"女神说：'长了脚的东西都给我离开蜻蜓大池！'我们这个族群算是完蛋了。"

"没办法，蝶螈们已经离开大池了。"

"蜻蜓大池这么缺水吗？昨天不是刚下过雨吗？"信雄的话音刚落，小龙虾们便摇了摇头，随口回了一句："你们自己去看一眼就知道了。"

最后，巡逻队终于看到了位于草原另一边的蜻蜓大池。白色的池面看起来就像一面闪闪发光的镜子。水量大减，整个池面的宽度不及往常的三分之一。那艘原本系在岸边的小船现在却横卧在草原的正中间。这足以说明大池的缺水程度。不过，大池不愧是大池。在这个呈葫芦状的大池中，最宽的湖面大概还有三千米左右。

最让信雄感到惊讶的是，池面到处都是蜻蜓在发了疯似的四处乱飞。这里面既有碧伟蜓，也有巨圆臀大蜓。另外，还有长着一对黑色翅膀的黑暗色螅（cōng）、橙色的棱脊绿色螅、薄翅蜻蜓、白尾灰蜻、红蜻蜓和豆娘。就连信雄只在《昆虫图鉴》里见过的斑丽翅蜻都有。

一瞬间，信雄回到了过去的那个自己。如果现在手里有一把捕虫网，他究竟能抓到多少种蜻蜓呢？信雄开始用目测的方法计算起蜻蜓的种类来。接着，他看到了长着咖啡色翅膀的晏蜓以及身形细长、深蓝色的棱脊绿色蟌。这些都不是信雄生活的那个世界里的蜻蜓。

"这里一直都有这么多蜻蜓吗？"信雄忍不住嘀咕了一句。

乌鸦一听，便轻声地回答："好可怜，他们也很拼命。"

"他们不是可以飞到别处吗？"

乌鸦摇了摇头说："他们这么做是为了保护自己的孩子。"

信雄"啊"了一声。他这才发现，原来蜻蜓们不只是在那里飞来飞去，他们的孩子水虿（chài）还在这个池子里。池水减少后，鲤鱼和鲫鱼也全都汇聚到了这么一小块水域中。食物在不断减少。为了喂养自己的孩子，蜻蜓们就把叼过来的食物投入水中。他们不顾一切，想要赶在池水彻底干涸之前，让孩子们完成羽化。

信雄又回到了身为巡逻队长的那个自己。

按照信雄现在的飞行技术，他还无法做到在空中停留或以极其缓慢的速度飞行。为了能够观察池中的情形，信雄觉得自己还是坐船比较好。于是，在青草散发出的热气笼罩下，信雄一边流着汗，一边将小船推向蜻蜓大池。

差不多花了近两个小时的时间，小船终于漂浮在了池面上。此时，西边的太阳开始落山了。

"我明天还会再来的。"

"你们加油啊！"

蜻蜓们的身影逐渐变成了一幅让人难以分辨颜色的剪影画。他们纷纷给各自留在池底的孩子们加油鼓劲，随后便飞离了大池。

信雄原以为池里的鱼儿会在水里挤来挤去地闹个

不停，可是，整个大池像什么也没有发生过似的，静静地迎接着夜晚的来临。四周只剩下信雄"汨汨"的划桨声。

"我们差不多该撤退了吧？"习惯早睡的乌鸦们开口催促信雄离开。

不过信雄说："你们去休息吧。今天晚上，我准备待在这里。我要去见大池女神。"

信雄没有再继续划桨，他整个人直接仰躺在船底，闭上眼睛准备睡觉。黄昏和夜晚的边界正在慢慢地重合，周围充满了一种紫得发黑的色彩。

我不见了，爸爸是不是觉得松了一口气呢？

信雄的心中突然冒出了这么一个疑问。当然，他知道爸爸是爱自己的。

可是，因为新进门的妻子，爸爸不得不把这份爱隐藏起来。这让爱蒙上了一层阴影。

正想着，信雄忽然感到池水的岸边出现了什么动静。他悄悄地将头抬了起来，视线望向了岸边。那里正坐着一个少女,她身上穿着一件和苏西一模一样的浅蓝色连衣裙。

还有一个。信雄在心里默默地说。

她的旁边还坐着一个相同模样的女孩。信雄的船正摇摇晃晃地往岸边漂去。信雄觉得,如果自己这时候起身的话,女孩们会立刻消失不见。于是,他假装自己还在睡觉,任由小船随着波浪漂荡。

过了一会儿,月光清晰地照在少女们的脸上。信雄吓了一跳,那两张脸既没有眼睛,也没有鼻子,只有一张嘴巴,就像某种妖怪的脸,那嘴巴就像脸上被开了一个小孔。

附近的水面很快荡起了一道道水纹。鲤鱼、鲫鱼和鲶鱼……无数的鱼儿聚集在一起,将嘴巴露在水面上。

岸边的岩石上出现了一道修长的女性身影。信雄一眼便认出,那就是被小龙虾们称为大池女神的水精灵。

这位女神也穿着和苏西一样的衣服。不过，她看起来有三十五六岁的样子。她把鱼儿们召集过来，似乎有一个重大消息要宣布。信雄屏气凝神地躺在船底，睁大眼睛，竖起了耳朵。

"今天，我要和你们告别了，"这位大池的水精灵语气坚定地说，"我也接到了命令，要拿起剑，去和敌人战斗。这就是征兵令。"

为了能让鱼儿们看清楚，水精灵高高地举起了手中的一张纸片。然后，她声音洪亮地将上面的内容读了出来：

"得此征兵令者，须即刻备好兵器，前往木舞山集合。我等绝不允许火精灵继续为非作歹。当下正是舍身救国之际，胜利之星，照耀我军。正义在我，我军必胜。望诸位能殊死拼搏，冲锋陷阵。本神在此发誓，将始终身先士卒，勇往直前。第一军总司令苏西·芙洛拉。"

四周一片寂静。过了一会儿，到处都能听见鱼儿们抽泣的声音。声音越来越大，最后变成了一片哭喊声。

"我们会变成什么样子？"

"这个池子也要完蛋了。"

"安静！"大池的水精灵斩钉截铁地说，"她俩会照顾你们的。"

水精灵指向了那两个没有鼻子和眼睛的小女孩。鱼儿们再次发出了绝望的叫声。水精灵一步步地朝着两个女孩走去，然后，拉着她们的手一起走到了水池中央。

"你们已经很好地完成了一次战斗任务。现在，请你们再次拼尽全力，守卫这座水池。我会把女儿雪丽留给你们。雪丽，你过来。"

说着，大池的水精灵把一个洋娃娃似的小水精灵从自己身边轻轻地推了出去。那是一个四五岁模样的小女孩，一双水灵灵的大眼睛，看起来十分可爱。

"好了，我必须走了。雪丽，再见。"

大池的水精灵温柔地抱起雪丽，跟她贴了贴脸，然后恋恋不舍地环顾了一圈大池。接着，她就像一阵风似的奔进了那片黑暗之中，手中那把用白桦树的树皮包起来的长枪在黑夜中闪闪发光。

从听到苏西名字的那一刻开始，信雄的内心就已经无法平静。在确定大池的水精灵已经走了之后，他一下子坐了起来，划着桨朝浮坐在水池中央的三个水精灵靠近。

"是谁?!"

"你是谁?"

两个没有眼睛的水精灵发出了惶恐不安的声音。不过，雪丽并没有害怕，她一脸天真地盯着信雄。

"我是蜡笔王国的巡逻队长，也是苏西的朋友。"

一听到这个自我介绍，雪丽便微笑着对两个瑟瑟发抖的水精灵说："大家放心，他是一个好人，因为他认识苏西大人。"

两个水精灵这才稍微松了一口气。

　　很快，水精灵们便完全信任了信雄，对于信雄的问题，她们全都一一做出了回答。

7.
木舞山

　　前文已经提到，火精灵伽耶那居住的那座伽耶那山，虽然是这一带海拔最高的山，但是由于持续不断的火山喷发，山上不要说什么积雪了，根本就是寸草不生，一眼望去到处都是石头。这是一座由熔岩堆积的深褐色大山。滚烫的火山灰和火山石时时掉落。因此，与伽耶那山相连的那一大片群山同样也是毫无绿意。

　　离火山最近的那片树林里，生长的全是一些特别健壮且耐受性极强的树。这些树自认为是树中豪杰，并为自己的这份坚强感到自豪。可是，一想到自己一而再再而三地遭遇严重烫伤甚至断手断脚的重创，并且以后还要无休止地忍受这种威胁到生命的痛苦时，这些树就会难过得想要发疯。

每当想起别的伙伴正在那些温暖的土地上舒舒服服地成长，他们就会对自己的不幸遭遇感到深恶痛绝。

这是一个满月的夜晚。一棵上了年纪的山毛榉在那里自言自语道："我们为什么就没有快乐呢？如果连一丁点儿的快乐都没有的话，那么哪里还有活下去的勇气呢？喂，大伙儿想想看，有没有什么快乐的事情？"

松树、冷杉、枫树、朴树和樟树都纷纷表示同意。可是，谁也想不出可以让大家快乐起来的好法子。于是，山毛榉便问天上的满月："十五夜①大人，十五夜大人，您经常照耀着人间，应该很了解大家都有哪

———————

① 十五夜指农历每月十五日的晚上，即圆月之夜。

131

些快乐的事情吧？我们也想拥有快乐，您能不能教教我们？"

满月立刻给出了答案。

"这个嘛，没有什么比跳舞更快乐的事情了。兔子擅长蹦着跳；螃蟹会脱掉那层坚硬的外壳，然后慢悠悠地挥舞着大钳子跳；水母也会轻轻地摆动触手来跳舞。"

"可是，"山毛榉强压着怒火说，"我们没法跳舞，我们是树。"

满月摇了摇头说："不管是什么树，都没有不能跳舞的道理。你们跳不起来是因为在地下扎了根的缘故。把树根的尖头切掉，再把泥土弄得松软一些，那么动动身体、换个方向什么的，肯定是没有问题的。"

于是，这些树便切掉了自己树根的尖头，又弄松了周围的泥土。然后，他们尝试着扭转自己的身体。你猜发生了什么？他们这不就成功地调转了方向嘛，眼前的景色一下子变了个模样。

"这个有意思。"

树木们高兴坏了。他们把自己的树根切得更短了，然后又抖掉了覆盖在根部的泥土。这么一来，整个身体就能够轻轻松松地改变方向。很快，这些树便可以抬脚走上两步了。

"来吧，跳起来，跳起来，我们也能跳舞啰！"

树木们用手打着拍子，一边唱着歌儿，一边兴致勃勃地跳起舞来。

哎呀，这是多么快乐啊！

第二天晚上，第三天晚上，大家都自发地跳了起来。为了让身体变得更加轻巧，树木们将树根越切越短。于是，大家就把那座山叫作木舞山。

有一天晚上，木舞山的树木们一起出门了，准备去附近那座可以看见蜻蜓大池的大山的山顶郊游。

大家拿上水壶，背着背包，包里装满了寿司和饭团。他们就像一群孩子似的嘻嘻闹闹地出发了。

当他们来到山顶时，伽耶那山出现了一次小型喷

发。最前面的一棵树倒了下来。于是，后面所有的树就像多米诺骨牌，一棵接一棵地倒了下去。他们再也站不起来了。

在失去了树主人的木舞山上，只剩下挖掉树根后留下来的那几万个大大小小的土坑，看上去就像月球表面的火山坑。

火精灵伽耶那从山顶俯视着木舞山。他高兴地拍了一下手。在伽耶那的眼里，那一个个土坑都是可爱迷人的火山口。只要在每个土坑里埋上一个火精灵，这些坑就能变成火山口，这真是再好不过了。

伽耶那立刻叫来了自己的独生子赫顿，命令他去迅速占领木舞山。

此时，水精灵芙洛拉刚好也在云端眺望满是土坑的木舞山。她高兴地想，如果把水精灵送到那些土坑里，不知道可以变出多少万个水池。这么一来，她就可以在池子里养上几千万条鳗鱼、鲫鱼和青鳞鱼了。

于是，芙洛拉立刻开始降下大雨。火精灵赫顿并不知道芙洛拉的这份心思，还以为对方是在故意挑衅。他头脑一热就从伽耶那火山口中猛地冲了出来。"咻"的一声，赫顿被打了个落花流水。伽耶那大发雷霆，派出了复仇大军。这一下，水精灵们也遭到了重创。

当水精灵和火精灵碰撞在一起时，输的那一方的脸就会完全融化。于是，那些双目失明的水精灵在掌管水池和河流的时候，便无法正确判断水量大小，水闸的管理也变得乱七八糟。水流的方向乱了之后，在一些完全意料不到的地方就会突然发生洪水。没有水流入蜻蜓大池，以及新巴托这座城市被山洪摧毁，全都是因为水精灵成了火精灵的手下败将的缘故。

信雄准备前往木舞山，但他的这个决定遭到了乌鸦部下们的强烈反对。

"木舞山是精灵们的地盘。国王下过一道禁令，绝不允许我们进入那里，"乌鸦们语气坚定地说，"就算队长下令，我们也无法陪你一起去。因为比起队长的指令，我们更应该听从国王陛下的命令。"

第二天，为了打探情况，信雄朝着伽耶那山进发了。天空渐渐地变成了一种浑浊的浅灰色，下面是一片荒芜的褐色大地，看不见一点儿绿色。

　　就像乌鸦们说的那样，信雄的面前很快便出现了一面高耸的铁丝网。

　　禁止入内。

　　违令者将即刻被剥夺国民资格，并将被驱逐出境。

　　　　　　　　　　　　　蜡笔王国黄金国王

　　无奈之下，信雄只好沿原路返回。当天晚上，他借宿在大池边上的一座登山小屋里。

　　"轰……轰隆……轰隆隆……"

　　从伽耶那山上不断地传来一阵阵低沉的震动声。信雄被吵醒后，就再也没有了睡意。只要火精灵和水精灵之间不休战，就无法预料还有怎样重大的灾难降临这个国家。还有那位美丽的苏西，她的脸可能不知什么时候就会失去眼睛和鼻子。

忽然，从大池那边传来了一阵喧闹声。信雄走到屋外，朝着大池的方向往下走去。

树林里充满了夏季夜晚那种清新宜人的气息。信雄走在一条林间小道上，他感到好像有什么东西在自己的脚边蠕动。仔细一瞧，脚下有银色的鱼鳞在闪闪发光，原来是一条肥硕的鲫鱼。再定神一看，那条鲫鱼身后还有几十条鲫鱼正在地上痛苦地翻滚。鲫鱼们爬上了陆地，正在努力地用鱼鳍走路。此时，几乎所有的鲫鱼都已经无法动弹，只有那条大鲫鱼时不时地还会抽动一下。

"啊——他还活着。"信雄嘀咕了一句。

当他蹲下身子，准备把这条鲫鱼放回池子里时，鲫鱼发出了痛苦的声音："不要多管闲事。我们是为了保护孩子们才去死的。"

"我们这些大鱼消耗了太多水池里的氧气。"另一条看上去已经完全不行了的鲫鱼接着说。

"别管我们。"

"别管我们！"

信雄咬着嘴唇，继续往山下走去。周围逐渐弥漫着一股鲫鱼的腥臭味。信雄走着走着就会踩到鲫鱼的肚子。

信雄来到池边时，发现这里有一大群水虿正在你推我挤地拼命往岸上爬。可是，几乎所有水虿都还没有到羽化的时候，其中有一些还需要在池底待上三四年才能变为成虫。他们或许以为大池明天就要干涸了吧，所以才会急着上岸。大部分水虿很快就腿脚发麻，无法再继续爬行。

因为池水减少了，水边是一片裸露的淤泥，几乎没有任何水草，所以即便是那些已经进入羽化期的幸运水虿，也不得不为了寻找羽化时攀附的草茎而爬上几十米的距离。

"火精灵要来了，火精灵要来了！"

水蚤们就像中了梦魇（yǎn）似的，在惊慌和恐惧中接连死去。

看着眼前的景象，信雄下定决心：就算是违背国王的命令，我也必须去一趟木舞山。

他的心中慢慢地升起一股勇气。在返回登山小屋的那条小路上，信雄又踩到了那些鲫鱼爸爸和鲫鱼妈妈的尸体。每踩一次，他的决心就会变得更加坚定一分。

这次，信雄很快便进入了梦乡。

信雄的眼前出现了一座非常陡峭的山峰，上面长满了茂盛的树木。此时，他的身高还没有当年刚上学时那么高。四周全是夏季茂盛的野草散发出的那种青草味，信雄几乎完全看不到周围的情形。

"爸爸——"

信雄叫了起来。不远处响起了爸爸踩在草丛上的脚步声，可是看不见他的身影。

"爸爸，你等等我。"

信雄的脚踝忽然动不了了。此刻，他的脑海中掠过了一个可怕的想法：我是不是被蝮蛇咬了？

"爸爸——"信雄的声音里带了哭腔，"我被蝮蛇咬了！有蝮蛇啊！"

可是，不知什么时候，爸爸的脚步声消失了。无论信雄怎么努力地竖起耳朵，也无法听见爸爸的脚步声。于是，信雄拼命地拨开草丛，发了疯似的往前走。突然，他的眼前出现了一大片蓝天。那里已经是山顶了。

信雄哭着站在山顶上，吓得直发抖。他的脚下是一块高得让人头晕目眩的岩石，正下方是一片蓝色大海。哪里都看不到爸爸的身影。不过，有一个女人正站在海里。信雄好像在哪里见过她。

"爸爸——"

信雄的话音刚落，那个女人便沉默着用食指指向她脚下那片令人眩晕的碧蓝色大海。

信雄"哇"的一声哭了出来。然后，他被自己的哭声惊醒了。

醒来之后，信雄一下子就想起来了，梦里的那个女人就是死于那起交通事故的司机的妻子，是信雄妈妈和信雄无数次在榻榻米上向对方磕头认错的那个人。

那时候，爸爸应该不想活了吧。

信雄忽然明白了爸爸的心思。

当时，爸爸发了疯似的把信雄揍了一顿。信雄以为，那只是爸爸的怒火而已，是对清子眼睛失明的怒火，也是对儿子让自己在外面难以做人的怒火。那时候，信雄只知道这些。他觉得爸爸完全变了一个人。这种悲伤和寂寞将信雄击垮了。

那是爸爸表达悲伤的一种方式。爸爸无法为信雄做任何事情。因此，他只能通过那种方式来表达自己的悲伤。如果能用自己的死换取他人对信雄的宽恕，爸爸肯定已经这么做了，就像那些鲫鱼爸爸和鲫鱼妈妈拼死往山上爬一样。但是，一想到双目失明的清子的未来，爸爸就无法结束自己的生命。对爸爸来说，除了活下去，他什么也做不了。正因为如此，爸爸才会那样拼了命似的揍信雄。直到这一刻，信雄才清楚地意识到，那时候能被爸爸打一顿是多么好的一件事。

是的，爸爸不能死。所以，换我去死好了。

下定这个决心之后，信雄就再也不怕在明天的木舞山上，将会有怎样的命运迎接自己了。

"好了，要好好睡一觉，养好体力才行。"

信雄轻声地说了一句。接着，他便沉沉地睡了过去。

8.
雾中对决

　　乳白色的浓雾笼罩着整座木舞山，空气的能见度不足两米。因为不知道什么时候就会遇上火精灵或水精灵的军队，所以信雄只能睁大眼睛，竖起耳朵，慢慢地往前走。

　　只有当一阵风从身旁呼啸而过时，雾气才会被吹散，让人能够暂时看清前方二三十米处满是岩石的山峰地貌。

　　没过多久，信雄便闻到一股像是烤鳗鱼的香味。接着，他听到了一阵嘈杂的说话声。信雄蹲在一块巨大的岩石背后，悄悄观察周围的形势。

"道恩上尉，这个池子里有吃的。"

"哦，这是我们今天吃的第一顿饭。之前攻占的那个池子，只有一些带土腥味的鲫鱼。"

"上尉，下次我们去拿下一个有鲤鱼的池子吧。"

"有鲤鱼的池子都是一些大池子。这么一来，遇到的敌人也会变得更加棘手。"

看来，这里是火精灵阵营的最前线。火精灵们从刚占领的一个水池里捞出了鳗鱼，正准备烤着吃。

信雄心想，我不能就这么出现在他们面前。于是他准备伪装成火精灵，然后潜入对方的大本营，和军衔最高的将领谈一谈。

于是，信雄躲在岩石后面等候时机。

此时，响起了一阵脚步声。有一个火精灵正朝着信雄这边走来。他穿着鲜红的衣服，头上戴着红色的帽子，并像中世纪骑士那样在脸上戴了一个红色的面具。

"道恩上尉，鳗鱼马上就要烤好了。"他身后的士兵对这个正在向信雄靠近的火精灵说。

信雄立刻打定了主意：好，我就把他的衣服抢过来，然后伪装成上尉。

等这位上尉走到信雄躲藏的那块石头旁边时，信雄忽然跳了出来，一把抱住了上尉的双腿。上尉"扑通"一声摔倒在地。大概是脑袋遭到了重击的缘故，他昏过去了。

信雄先在巡逻队长的制服外面套上了火精灵的红色上衣，然后是裤子，接着，戴上了帽子和手套，最后是面具。

穿戴完毕后，信雄鼓起勇气，一步不停地往火精灵的阵地走去。几个士兵正在烧着柴火。

"鳗鱼烤好了吗？"信雄问。

"烤好了，上尉。虽然这些鳗鱼个头小，不过都说小的更好吃。"

火精灵士兵将串着铁签的热气腾腾的鳗鱼递给了

信雄。

信雄用手拿起了铁签，发现竟然一点儿也不烫手。他又把手伸进了火堆，果然，还是一点儿也不烫。穿上这套火精灵的衣服之后，信雄的身体就不再惧怕火焰了。只是，吃鳗鱼需要摘掉面具，这会暴露信雄的身份。

"再烤一下，这里好像还有点儿生，"说着，信雄便把鳗鱼还给了那个士兵，"我现在必须去一趟司令部。"

信雄假装自言自语地嘀咕了一句，他想通过士兵们的反应来摸清司令部的位置。果然，士兵们一听，全都望向了西面。

"喂，来一个跟上。"说完，信雄就朝着西边走了过去。

一个士兵说："上尉，现在还很危险，您可不能忘了带上这个。"

士兵将一把铁质的长枪递给了信雄。信雄一握住长枪，长枪的尖头就像通了电，变得鲜红无比。

士兵在前面带路，信雄毫不犹豫地紧紧跟随其后。

这一路上到处都是火精灵的小股部队，他们纷纷向信雄打招呼致意。这些火精灵全都穿着一样的服装，拿着一样的长枪。

火精灵的司令部就位于一座海拔略高的石山上。当信雄靠近这座石山时，便看到一些骑在红马上的火精灵将领。信雄时不时地向对方行礼致敬。

"道恩上尉，你还活着啊，"一个身上戴满勋章、富态十足的将军揶揄道，"老子下了个注，赌你今天会不会战死。老子压了你会死，这下可亏大了。"

"今天还没有结束。不过，这么一来，我今天下午可能就要被派去修罗场了。"信雄笑着回答，连他都很惊讶，自己竟然能够壮着胆子，摆出一副上尉的派头。

"老大在哪里？老大……"信雄不知道自己想见的那个将军在这里被大家称作什么，只好用"老大"来替代。

"老大就在那里，"将军笑着指向了右手边的一个大帐篷，"你也是来听我们参谋长讲课的吗？去听听也好。大家都快睡着了。当兵的哪里需要什么理论知识。"

"我只是想去问问，自己死在哪里比较合适。"信雄回答。将军一听，便心满意足地笑着往自己的阵营走去。

在帐篷里，秃了头的火精灵总参谋长正指着黑板讲解今后的作战方针。

"敌军大将苏西极其勇猛机敏，她一定会想到用纵队一口气冲破我们已经布在正中间的横队。我军不要进行激烈对抗，就让敌军占领这处大本营。然后，再将其团团围住，生擒苏西。这么一来，本次战斗也就结束了。也就是说，一〇三部队在 C11 这个位置，二四三部队在 H18……"

在总参谋长的旁边，有一个少年坐在一张由珊瑚装饰的宝座上，身上的军服闪烁着红宝石的光泽。他就是火精灵伽耶那的独生子赫顿。

"总参谋长，"赫顿开口问道，"敌军何时会冲入我军阵地？"

"不会早于晚上六点，不会迟于晚上八点。"秃了头的总参谋长自信满满地回答。

"如果敌人用横队来对抗呢？"

总参谋长像是受到了侮辱似的皱起了眉头，但他很快就开始一一列举各个部队的名字和阵地名称，向赫顿表明即便敌军用横队来袭击，我军也已做好了万全的准备。赫顿没有继续听下去，他突然从椅子上站起来，然后走出了帐篷。信雄立刻跟了上去。

赫顿站在一块岩石上，正准备查看军队的部署情况。

在一片白色雾气之中，只能看到火精灵士兵们手里拿着的一根根红色长枪的尖头。此时，赫顿身边只有几名军官陪同。

信雄将手伸进了藏在火精灵军服下的蜡笔王国巡逻队长的制服口袋。他抓住了那颗心珠。

信雄拿着心珠，悄悄靠近那几名军官。然后，他用心珠依次触碰他们。只要一碰到心珠，对方就会立刻变得像块石头那样一动不动。

最后，信雄走向赫顿，将心珠按在了他的背上。

刹那间，四周一片寂静，仿佛所有人都变成了木偶。很快，便有歌声从赫顿的口中传了出来。

是谁说，我的表情可怕骇人

是谁说，我的眼睛就像野兽

现在可不需要什么慈悲

因为战争如火如荼

只有战争

是谁说，我的胸膛冰冷刺骨

是谁说，我的言语令人悲伤

现在可不需要什么安慰

因为输了就彻底完蛋

就这样吧

是谁说，我的影子一片黑暗

是谁说，我的内心难以捉摸

好了好了，大家都退下吧

这些只是我的自言自语

就这样吧

　　这是一首充满了悲伤的歌曲。显而易见，其实赫顿根本不想打仗。信雄松了一口气，不过，他还是不知道该如何让苏西和赫顿握手言和。

　　就在这个时候，山岗下方突然爆发出一阵惊天动地的嘶吼声。与此同时，云缝之间那些点点烛光般的火精灵长枪"哗啦"一声全都乱成了一团。"嗒嗒嗒"，是马蹄声！

"是敌军！敌军冲破了我军的中央防线！"

啊！多么可怕的一幅景象！当那位侃侃而谈的火精灵总参谋长刚走出帐篷、准备一探究竟时，一片浅蓝色的旗海就像突如其来的一阵狂风，涌现在他的面前。几米开外的白雾中，苏西正挥舞一把冰剑，骑着一匹浅蓝色的骏马不断逼近。

"呀！"

火精灵司令部的那些士兵尖叫着四处逃窜。赫顿终于清醒了。可是，他已经无法靠近自己的马匹。无奈之下，他只能靠腿逃命了。

"道恩上尉，王子殿下就托付给你了。"

火精灵的军官们一喊完，便冲去拦截苏西的马。苏西拿起剑，"哐当"两下便将这些火精灵的长枪全都砍断。很快，她就追上了信雄和赫顿。

"住手，苏西！"

信雄转过身，挡在了赫顿的前面。苏西的剑已砍向信雄的肩头。

信雄抱着赫顿摔在了地上。他刚倒下，脸上的面具便"啪"的一声掉了下来。

"苏西！住手！"

"啊！"苏西大吃一惊。这份惊讶瞬间传到了她手中那把高高举起的冰剑剑尖。

苏西举着剑，茫然地看着信雄的脸。

"苏西，你不能杀他！我不允许你们打仗。我是蜡笔王国的巡逻队长！"

信雄一边喊，一边放开赫顿，将他拦在了自己的身后。赫顿就这样逃走了。

苏西没有起身去追。她依然盯着信雄，就像在做梦。

军队的呐喊声变得越来越远。

终于，苏西开口了。"这是怎么回事？你救了赫顿？"她说话的语气和之前并没有什么不同。

"我没有救赫顿，我救的是你！"信雄语气坚定地说，"我不想让你变成一个杀人犯。"

"多管闲事。"

虽然嘴上这么说，但苏西还是下了马，脱去信雄身上的红衣，给他受伤的肩膀止了血。

"好了，上马！"

苏西掉转马头，把信雄推上了浅蓝色的马背。然后，她自己也轻轻松松地上了马。苏西拉紧缰绳，"哔"的一声吹响了芦笛。这是撤军的命令。

这一道笛声，成了瞬间扭转战局的信号。排成纵队、呈一字形杀入敌阵的水精灵们不仅放跑了赫顿，还必须一路穿过敌区，退回自己的阵营。更糟糕的是，此刻苏西抱着受伤的信雄，已经完全丧失了战斗的欲望。这令水精灵们士气大减。

火精灵们见状，围住了敌军的退路，打得水精灵一败涂地。

被火精灵捕获的水精灵，整张脸都被烧化了。四周都是她们刺耳的尖叫声。

苏西苍白的脸颊上挂着两行泪痕。局势已经彻底反转，她们只能选择逃跑。紧跟在苏西身后的水精灵们，不知什么时候已经没了踪影。

"你应该很恨我吧。"

听到信雄的低喃，苏西摇了摇头。

"感谢神，没有让我杀了你，"苏西说，"当我砍伤你的肩膀时，我的世界一下子就变了。"

就在这个时候，两人身下那匹疲惫不堪的马儿嘶叫一声，四蹄朝天地掉进了一个陷阱里。

信雄的眼前顿时一片花白，他就这样失去了知觉。

……

信雄感到有几张脸正担忧地看着自己。在这座宽敞的寺庙大堂里，到处都点上了蜡烛。一片朦胧的亮光在眼前忽隐忽现。终于，信雄睁开了眼睛。

"啊，醒了。"

现在应该是晚上了吧。此刻，信雄正躺在一张床上。明亮的吊灯照得整个大房间灯火通明。从刚才就一直望着信雄的，正是火精灵伽耶那的独生子赫顿。

"啊——"信雄回过神来，问了一句，"苏西呢？"

没有人回答信雄。

"苏西在哪里？"

"她在这里。"

房间里响起了一道庄严威武的声音。这是赫顿的父亲火精灵伽耶那的声音。身为火精灵之王，伽耶那绝不能让其他人看到自己的模样。虽然信雄看不见他，但此刻他就在附近。这里是伽耶那山中的一座大殿。

"苏西还好吗？"

信雄的话音刚落，赫顿便神情一变，呜呜地哭了起来。

"请你原谅我，巡逻队长，都怪我能力不济……"

信雄的脑子里顿时"嗡"的一声响，仿佛整个人被抽去了灵魂。

伽耶那语气沉重地向信雄讲述了他晕倒之后发生

的事情。

苏西救了信雄，并且吹响撤军的笛声时，赫顿知道自己得救了。同时，他也向全军发出了停止战斗的命令。可是，总参谋长违背了他的指令，当场下令展开猛烈的反攻。

赫顿发现军队没有听从自己的指挥后，便立刻返回伽耶那山，向父亲控诉："苏西放了我。如果我们抓住苏西并对她行刑的话，水精灵芙洛拉会气成什么样?!这么一来，火精灵和水精灵之间，将永远不可能重归于好。为了木舞山那块弹丸之地，让双方怀上这种深仇大恨，值得吗?"

伽耶那不愧有王者之风，立刻明白了事态的严重性。他当即下令，全军停止战斗。即便如此，他还是有些不放心，于是又发出了第二道号令，命令军队立刻从木舞山撤退。可惜，为时已晚。抓到苏西的火精灵将熊熊燃烧的长枪刺进了她苍白的脸颊。失去了眼睛和鼻子的苏西好不凄惨，最后被押解到了火精灵的大本营。

"事已至此，那就只能由我带着苏西回去，任凭芙洛拉处置了。"赫顿勇敢地提议。

不过，伽耶那不肯让自己疼爱的独生子落入那样的险境。

"赢了！"

"赢了！"

外面是士兵们庆祝胜利的欢呼声。在大殿深处，却有一对父子在那里一筹莫展。

"让我见见苏西。"信雄提出了请求。

很快，赫顿便牵着苏西的手走了进来。

"苏西。"

信雄紧紧地握着苏西冰凉的手哭了。让他惊讶的是，苏西的这双手简直和妹妹清子的手一模一样。

"是我让你变成了这副模样。"

"你握紧我的手，不要放开，"苏西说，"这样，我就没事了。因为之前恨我的人，现在正在为我流泪。"

苏西的这句话既像是在说信雄，又像是在说赫顿。

"我究竟该怎么办？怎么做才能补偿你？"

"你已经为我做了一件好事。以后，我们两个人一起生活就好了。"

"不，是我们三个。"

这个声音来自苏西胸前闪烁着红色光芒的地榆。

"蜡笔王国的巡逻队长，"伽耶那郑重地说，"我想借助你的勇气。请你带上苏西，前往一睡万年的住处。或许，苏西还能够恢复原貌。现在，只能寄希望于此了。"

"一睡万年？"信雄反问。

"关于这个，等一下再与你细说。现在，水精灵女神肯定以为苏西已经被处决了。等一百天的服丧期结束之后，那位女神定会在今年秋天发动大军围攻此处。如此一来，就会引发天崩地裂。无论哪一方获胜，都会造成一场重大灾难。留给队长你的时间只有一百天。

请你务必竭尽全力，完成使命。"

　　说完，伽耶那似乎对信雄做了一个双手合十的
动作。

9.
聚病之神

　　在伽耶那火山的西面，起伏的山峦延绵了数万米。那些山都不是很高，海拔在一千米左右。在这片山脉之中，有一些地势平缓的圆形山岗。那里零星分布着好几处外形相似的小盆地。当地居民就聚居在这些盆地的正中央。

　　这些聚居地里全是一些农家小舍，看起来既像是小镇，又像是村庄。远古时期的遗址、著名的历史纪念碑以及年代悠久的古寺庙等建筑散落在其中。这里处处都能引发人们思乡慕古的心情。

传说很久以前，一位身材魁梧的神仙在其中一座小镇上住了下来。说起神仙，原本都应该忙着破土开荒、降妖除魔、搭桥铺路，可是这位是个懒骨头，他基本上都在睡大觉。睡足了一万年，他才会醒过来；醒了大概一百年之后，又继续睡上一万年。于是，人们便把他称作一睡万年。

　　当一睡万年清醒的时候，他必定要做的一件事，就是收集东西。比如，收集世界各国的邮票和硬币。此外，他还会收集动物，然后建一座动物园。到目前为止，他已经接二连三地建造了好几家水族馆和植物园。因为他是神仙，坐拥取之不尽的金银财宝，所以想要的东西马上就能得到。一睡万年基本已把能收集的东西全都收集了，他想不出接下去应该收集什么了。

　　一个冬天的早上，一睡万年感到自己的耳垂莫名其妙地开始发痒，原来是长了冻疮。当他揉着耳垂的时候，脑海里突然冒出了一个无厘头的想法。那就是，他要收集全世界所有的疾病，然后建一座疾病博物馆。

疾病们听到这个消息时，简直不敢相信自己的耳朵。至今为止，无论它们走到哪里，都是最遭人嫌弃的，从来没有谁愿意搭理它们。

于是，牙疼、皮肤皲裂、中耳炎、骨折、传染性红斑、哮喘、肾病、胃癌、盲肠炎、肺结核、癔症、精神分裂症……所有疾病全都汇聚到了一睡万年的宅邸之中。

一睡万年愉快地接纳了所有疾病，并让它们全都住进了自己这个身高三米五、体重三百千克的身体里。

因为一睡万年是神仙，所以就算体内的疾病数量再多，他也不会死。只是，当收集到的疾病种类达到三千种时，他就得一直承受着眼睛结膜炎、中耳炎、牙疳（gān）、鼻窦炎、大拇指长皮癣、食指骨折、中指发炎、无名指化脓性感染的痛苦。即便是一睡万年这样的神仙，也痛得像落水狗那样全身发抖。

于是，他对疾病们说："我已经对你们彻底厌倦了。这么长时间，辛苦大家了。从今天开始，疾病博物馆关门大吉，你们去其他地方吧。"

疾病们一听，全都气急败坏地说："如果你想赶走我们，就要为我们找好下家。我们好歹已经学会了如何侍奉主人，你要为我们找一个新主人。"

一睡万年觉得疾病们说得也有几分道理。于是，他在宅邸的那扇黑色大门上贴了一张巨幅告示：

> 有偿转让各种疾病，任君挑选。
> 领走一种疾病，赠金百万。

很快，大门前便排起了长队。一睡万年刚打开那扇黑色大门，无论是背着婴儿的妈妈，还是拄着拐杖的老大爷，都气势汹汹地拥向了疾病陈列室。

皮癣、冻疮、皮肤皲裂、手指戳伤、鼻炎……大家先从轻症开始，飞快地伸手抢夺各种疾病。一睡万年与即将离开的疾病一个个握手告别。他语气坚决地对疾病说："决不能中途离开你的新主人。不准偷懒，好好工作。"

不过，还是有近一半的疾病没有找到下家。于是，一睡万年用红笔涂掉了告示上的"百万"两字，改成了"千万"。很快，又有很多人高声欢呼着一拥而至。最后，虽然大部分疾病都被成功转手，但是仍有一些留了下来。

他们是胃癌、食道癌、胰脏癌、直肠癌、肺癌……

"哈哈，看来这些让人挨不过去的病的行情不太好啊。"

一睡万年嘀咕了一句。接着，他就把一张写有"一亿"的纸贴在了"千万"两字上面。

这一下，人们再一次争先恐后地跑来了，人山人海，黑压压的一片。所有疾病都被一抢而空。

"哎呀，哎呀，现在真是一身轻松。"

一睡万年已经很久没有这么神清气爽了。可是很快，那些疾病便一个个无精打采地回到了一睡万年的宅邸。

"这次的新主人实在不顶用，人已经没了。"

对一睡万年来说，养上十种、二十种疾病简直就是小菜一碟。不过，他天生喜欢做事情井然有序，不喜中途生变，所以现在他连一种疾病也不想搁在家里。

一睡万年动了动脑子，又想出了一个新法子。他在黑色大门上张贴了这么一张告示：

> 如有意归还之前在此出售的疾病，
> 请在不被任何人发现的情况下，
> 悄悄将疾病归还至陈列室。
> 如被人发现，
> 须多拿走一种疾病。

这张告示的效果十分显著。因为大家都只想把钱拿走，将病留下。

可一睡万年是神仙，他能轻而易举地发现那些偷

偷潜入陈列室的人，然后直接宣告对方出局。

不过，一睡万年这次也同样显示出了自己的聪明才智。大概每四个人，他就会故意放走一个。因为一旦传出"这是一项不可能完成的任务"之类的流言，就不会再有人来了，那些剩下的疾病就再也无法找到自己可以服侍的新主人了。

就这样，一睡万年成功地建立了一个运行顺畅的疾病循环系统和疾病流通机构。而这个消息刚好就传进了火精灵伽耶那的耳朵里。

☆

在没有了眼睛和鼻子之后，苏西便丧失了水精灵的法力，变成了一个普通的失明少女。如果只有信雄一个人，他可以立刻飞过群山，到达一睡万年的宅邸。可是现在，他只能牵着苏西的手，两个人慢慢地翻山越岭。苏西就像一个打了败仗的武士，身上的浅蓝色水精灵衣裙上，到处都是烧焦的痕迹。一旦没有了这件衣裙，地榆就无法继续存活。于是，信雄在伽耶那的大殿里拿来一件红色大衣和一条红色裙子。他把这些套在了苏西的衣服外面。如此一来，还可以隐藏苏西水精灵的身份。

算起来，一百天的居丧期在十一月底就会结束。在这之前，信雄必须想尽一切办法潜入一睡万年的宅邸，让苏西恢复原貌。

打开地图仔细一研究，信雄发现自己离一睡万年的宅邸——生病县受伤郡疼痛村鼻青脸肿街道生命垂危路四二号——还有很长一段距离。就算走到有公交车的镇子，也要花上一个月左右的时间。

山上的小路此时已经进入了秋季。

即使是依旧艳阳高照的草原，也已经开满了像蒲公英似的浅紫色日本蓝盆花。粉红色的瞿（qú）麦零星点缀在中间。在那些刚刚抽穗的芒草根部附近，长着数百朵外形奇特的野菰（gū）。不知道从哪里飞来的小豹蛱蝶和大绢斑蝶正慢慢悠悠地从花丛中飞过，转眼便不知去向。

昏暗的杉树林里，地面绽放着鲜红色的剪秋罗。林子外围的杉树上，看似聚集了一大群白色的小鸟，但那其实是挂在树枝上的一大片圆锥铁线莲的枝蔓。

对信雄来说，如果不是急着赶路，这将是一段非常愉快的旅途。当他牵着苏西的手时，内心便会生出一种错觉，好像自己正和妹妹清子一起走在山路上。他甚至感到苏西说话的语气都变得和妹妹越来越像了。

"我甚至有点儿庆幸自己变成了现在这副模样。"苏西说，"如果我平安无事的话，那我应该如何向那么多为我牺牲的水精灵交代？所以，还是这样子比较心安。"

尽管苏西这么说，但是一百天的居丧期结束后，水精灵芙洛拉会发动怎样大规模的报复性攻击？到时候两军交战，又会牺牲多少精灵？受到牵连的蜡笔王国，居民们又将遭受怎样的重创？一想到这些，信雄就忍不住再次加快了脚步。不过，苏西的那番话倒是让信雄第一次理解了妹妹清子的一些想法。

在此之前，信雄一直在钻牛角尖，认为所有的错都在自己身上，清子只是一个可怜的受害者。可是，他想错了。清子看到司机因为自己而死，哥哥因为自己受到责罚，她的心里一定非常难受。就像信雄责怪他自己那样，清子也在小小的内心深处埋怨着自己。现在，哥哥不见了，不知道清子会有多么悲伤。

没过多久，草原上的黄颜色，从黄花败酱草变成了毛果一枝黄花；而那些紫颜色，则从日本蓝盆花变成了颜色更深的乌头。在林子的角落里，野凤仙花正在随风摇曳，洁白的单穗升麻就像一根根蛇头菌似的在那里闪闪发光。

清晨和傍晚的温度一下子降了下来。一天，有一只北红尾鸲（qú）停在了银白色的芒草穗上。这只需要在南方越冬的候鸟好像正在晒太阳，嘴里发出一阵细小的咻咻声。到了晚上，空中有野鸭和鹬在不停地拍打翅膀，叫声中透露出一股寒意。前面有一座双峰山，是这一带最高的山峰，看起来就像是有一头骆驼屈腿蹲在那里。只要翻过那座山，就能抵达一座小镇。信雄和苏西只要在那里乘上公交车就行了。

双峰山的山脚已经开始出现红叶。这里不愧是赏枫胜地。从五角枫、山红叶枫到羽扇槭，枫树的种类复杂多样，还有野漆树、盐肤木和山毛榉夹杂其中。整个山谷色彩缤纷，满眼都是红黄相间的美景，仿佛为整座山披上了一块厚重的锦缎，呈现出一幅迷人的景象。

当没有眼睛的苏西被信雄牵着手走在山路上时，山上的枫叶便开始自言自语："好可怜。"

"她和雪童子①一样呢，看不到我们这么美的样子。"

"其实，我们也和她一样啊，因为我们无论如何也

---

① 雪童子是日本传说中以儿童形象出现的雪精灵。

见不到雪童子。"

"可是，我们今年还可以再努力一把。"

信雄一问才知道，原来雪童子和枫叶从几百年前开始，就在相互通信了。枫叶们憧憬着能看到雪童子那洁白、冰冷的模样；而雪童子则想，哪怕就只看一眼，也一定要亲眼看看枫叶们如烈火般鲜红的叶子。可是，当雪童子搭乘空中那趟超级特快列车飞奔而来时，这里已经连一片枫叶都不剩了。只有一封信在风中徒劳地晃来晃去、沙沙作响。

信上写着："雪童子，真是遗憾！我们本来给你们准备了一大堆美味的果子，有柿子、栗子和橘子……明年再见哦！"

到了来年春天，当边角带红的小嫩叶张开手指，抬头望向天空时，叶子们发现自己的树根旁边放着一封雪童子留下来的信。

信上写着："枫叶，对不起。为了尽量不要融化，我们紧紧地抱成了一团。可是，我们最终还是得回到天上去。我们原本想向你们展示已经练习了很久的舞蹈。"

这种内容的通信已经持续了几十年。

"为什么雪童子不能早点儿过来呢？"信雄问。

"这是水精灵苏西大人的决定，"枫叶回答，他们并不知道眼前这个双目失明的少女就是苏西，"不过，听说苏西大人去世了。不知道以后谁来决定这件事情。"

又过了好几天，信雄和苏西来到了一座小镇。在那里，可以看见一睡万年那座像城堡一样巨大的黑色宅邸。

两人先在镇上逛了一圈。他们发现这里几乎全都是病人，而且图书馆的数量多得惊人。一开始，信雄以为那是因为大家生病了，无事可干，所以才会有很多人想要去看书。但他很快就发现，这些图书馆都是要收费的，并且价格参差不齐，相差巨大，便宜的有十日元，贵的要一万日元。更让人感到奇怪的是，在一家大概只有两个房间的屋子前，写着"最新的图书馆，门票五千日元"。那个门口竟然有一大堆人在排队。

信雄觉得太奇怪了。于是，他进入了一家门票一百日元的图书馆（其实就是一座小农舍）。在这个四块半榻榻米大小的房间里，只放了一个书架，尺寸跟信雄家里的书架差不多。信雄发现排列在书架上的那些书都是些什么《关于一睡万年的研究》《绝密：一睡万年的圈套》《我是这么战胜一睡万年的》。

也就是说，这些书全都是参考书，是用来教大家如何成功潜入一睡万年的宅邸的。此外，还有一个发现让信雄的内心猛地一震，那就是几乎每本书的封面上都会有一张一睡万年的半身照。

一睡万年和那个人长得很像，简直是一模一样。凹陷的长下巴、乌黑的头发、那种像中世纪宗教画里的黄皮肤。可以说，这就是右田老师的照片。

信雄的内心涌现出一股强烈的恨意，他终于要与宿敌正面交锋了。对，就是这个，信雄要做的，就是打败这个一睡万年。

接着，信雄又进入了一家收费更高的图书馆。那里收藏的相册有一睡万年宅邸中各个房间的内部照片。

现在，镇上的居民们讨论的就只有"如何才能将疾病还回去""某某人是如何成功地归还了疾病的"这样的话题。大家费尽心思地想要潜入一睡万年的宅邸，可是大多白费力气，反而又多得了一种病。当这些人垂头丧气地回到家后，就会立刻动笔记录自己的这段经历，然后做成一本书，挂上图书馆的招牌，并且写上门票的价格。

如果书里写了一些大家从来没有看过的内容，那么就会吸引读者前来。大家一字一句地细细品读着这些最新消息，还拼命地做了一大堆笔记。其中也有一些人虽然一次也没去过一睡万年的宅邸，但在书中凭空捏造了一些胡说八道的内容。不过，这些骗局很快就会被识破，于是那些书便再也无人问津了。其实，只要稍作观察，就能立刻发现对方是不是真的去过一睡万年的宅邸。

在一睡万年那里等候出场的疾病，全都是一些结束了自己主人的性命后又重新回来的家伙。每一个都是既棘手又臭名昭著的难治之症。

因此，一旦潜入计划失败，这个人身上的病情就会变得越来越重。连续失败三次的人基本上会在一周之内死去。图书馆里，在那一大堆书的作者中，有很多人在写完书后没多久便离开了人世。尽管如此，他们留下的这些藏书，还是使镇上诞生了好几名专门研究一睡万年的专家博士。通过他们的研究，一睡万年宅邸的许多情况都已经变得清晰明了了。

想要进入疾病陈列室，首先要通过一条长长的走廊。中途还要打开两扇门。门锁是金库的那种旋转密码锁。想要开门，就要将密码锁先往右转三圈，然后再往左转四圈。不过，密码的数字经常会发生改变。

当你幸运地打开第一扇门之后，很快就会有一种无色无味的气体充满整个房间，这种气体会使人在十个小时之内丧失视力，这会让挑战第二扇门的旋转密码锁的人陷入绝境。不仅如此，第一扇门有时候还会"咔嚓"一声自动关闭，把人堵在两扇门之间。这就完全斩断了挑战者的退路。

每天下午四点左右，一睡万年会从内侧的起居室走向疾病陈列室，然后，打开第二扇门，面带微笑地跟那些不幸的来客打招呼。在陈列室的正中间，摆放着一张黄金打造的旋转椅。这张椅子可以帮人甩走疾病。一睡万年就坐在黄金椅上，带着一丝亲切的语气说："下次来的时候，你只要像我这样，坐在这把椅子上把病甩走就可以了。今天真是遗憾，只差那么一点儿就要成功了。"

说完，一睡万年开始旋转椅子。突然，他抓起一个疾病就按在了对方的肩膀上。在如此巨大的打击之下，挑战失败的人往往会陷入一种悲伤的情绪，一边想着自己已经没有体力再来第二次了，一边又觉得正因为如此才必须再来一次，两个脚踝仿佛已经陷入了一片无底的沼泽之中，正在发出"噗噗噗"的气泡声。

10.
一睡万年的宅邸

    这些天，信雄一直混在图书馆里，和一群咳个不停的老年人以及面部浮肿、眼眸（móu）暗淡的妇女待在一起，拼命地想把相关信息塞进自己的大脑里。而苏西就独自静静地待在郊区橘子地的一个仓库里。

    现在，橘子已经变成了深黄色。到了夜里，在橘子树根部那些原本作为肥料的稻草堆里，会飞蹦出一种名叫黄脸油葫芦的蟋蟀。那些稻草堆就是他们的家。在夜光下，他们会唱起美妙的歌曲。

    "这次的对手很难对付，"信雄对苏西说，"我先一个人去探探底。"

这是一个阳光明媚的秋日午后。一睡万年宅邸前那条宽敞的砾石路两侧，栽种着成排的枥树。树上的叶子已经变成了深黄色或带着光泽的褐色，在秋日的阳光下闪闪发光。枥树是一睡万年最中意的一种树。另外，他喜欢抓锹形虫和独角仙，还喜欢用橡子转陀螺。

就像那些著名寺院的门口一样，在这些成排的枥树下，挤满了饭馆和出售各种小商品的店铺。一睡万年宅邸那扇高达八米多的黑色城门就屹立在这条宽阔大路的尽头。跟那扇大门比起来，这些店铺小巧得简直就像是庭院盆景里的道具模型。

信雄感觉自己仿佛正置身于土地神的庙会上。他小心翼翼地在这些店铺之间看来看去。

每家店铺都会出售各种神社的护身符、拍立得、泳镜和过年时祭祀用的年饼。此外，还有五颜六色的气球。在打开走廊上的第一扇门后，为了不让门悄无声息地关闭，挑战者可以在那扇敞开的门前放上一大堆气球。这么一来，只要门开始闭合，那些被挤破的气球就可以给人提个醒。

另外，还有一种经过改良的蛇腹管。将蛇腹管两端的咬嘴固定在打开后的大门和墙壁上。一旦大门开始闭合，被挤压的蛇腹管就会发出类似汽笛那样响亮的提示音。

有一个赤身裸体的老奶奶正在给自己的全身涂满一种软膏。据说，只要事先涂满这种药膏，就算被硬塞了疾病，也可以达到减轻症状的效果。

越靠近那扇黑色大门，店里出售的商品就越显得凄凉，都是一些拐杖、轮椅、担架、盲杖之类的东西。还有一些身强力壮的男人在那附近转悠。他们是搬运工，负责将那些挑战失败后滚爬出来奄奄一息的人送回家。

当信雄站在那扇黑色大门前面时，他的身边没有其他挑战者的身影。因为根据目前的记录来看，至今还没有谁能够依靠团体作战成功。那些搬运工也说，如果一下子抓住一大群人，一睡万年就可以将很多疾病一股脑地打包送走，因此，这位神是不会放过这么好的机会的。虽然这些人根本没有研究过那些参考书，但他们每天都蹲守在大门前面，看着源源不断出现的成功者和失败者，所以他们的直觉已经变得异常敏锐，可以做出一些精准的预测。

信雄走进一群搬运工中间，自言自语似的说道："不知道今天怎么样？"一个四十岁左右、长着一张国字脸的男人立刻回了一句："今天不行！"

"为什么？！"

"现在，一睡万年的手上囤积了一大堆疾病。他是个急性子，囤积的疾病多了，就想早点儿处理掉。想不想我告诉你一个好日子？付五千日元吧。"

虽然这个开价不便宜，但信雄还是决定听一听对方的建议。男人将卷起来的一大张坐标纸缓缓展开。纸上画的是一张曲线图，蓝色铅笔标记的是已经去世的那些人身上带的疾病数量，红色铅笔标记的是从门里走出来的失败者的人数，黄色铅笔标记的是成功者的人数。

"等到这条红色曲线和这条蓝色曲线重新交会时，你就能挑战成功。大概在六七天以后吧。今天你就放弃吧，因为根本没有任何希望。"

一听信雄说今天只是来探探路的，男人便点了点头说："那你在打开第一扇门之后就回来吧。绝不要忘了带上蛇腹管、泳镜和拍立得。"

说完，他便将这三样东西强行卖给了信雄。

虽然那扇黑色大门是关着的，但旁边开了一扇小门。

于是，信雄便通过那扇小门进入了一睡万年的宅邸。

> 欲归还疾病者，请走这边。

信雄看到了这么一块告示牌。门后有一段灰色的楼梯往下延伸。眼前的这幅景象，信雄已经在图书馆的相册中看过很多次了。无论是在看相册时，还是现在身临其境，这个景象都让信雄感觉自己仿佛正在走向某个地铁站台。只是，这里的天花板比地铁站的要高出许多。

信雄来到了第一扇门前面。他先拍了几张周围的照片，然后仔细地观察了一圈。信雄发现，在那个高耸的天花板上似乎有一种既像花纹又像记号一样的图案。于是，他又对着那里拍了好几张照片。

接着，毫无头绪的信雄花了差不多一个小时的时间在那里捣鼓着密码锁。突然，从他手里传出了"咣当"一声，门开了。信雄尽可能地将门开到最大，然后将安全蛇腹管两头的咬嘴分别牢牢地吸附在门和墙壁上。接着，他戴上泳镜，朝着第二扇门走去。

在那里，信雄也发现了天花板上有一种看起来不像是单纯的水泥痕的波纹图案。于是，他照样拍下了那些图案的照片。当他对着第二扇门的密码锁捣鼓了几分钟后，蛇腹管发出了"哔"的一声。信雄连忙往回跑，从第一扇门即将闭合的门缝中穿了出去。

让他感到惊讶的是，此时门外正站着一个非常高大的男人。他就是一睡万年。

"等一下！"一睡万年语气尖锐地说，"你不是来归还疾病的。你身上没有病。"

他用一种令人不适的目光将信雄从头到脚打量了一遍。

"喂！你想拿走什么东西？"

"什么？"

"一个没有生病的人带着某种目的偷偷地溜进这里。说说看，你想要什么？"

一睡万年一边带头走在走廊上，一边听着信雄语气激动地解释。他的脸上露出了几分嗤笑的表情。这种态度简直和右田老师一模一样。

"好，那我就问你一句话。"一睡万年说。无论是他的语气，还是他在严厉指责别人时使用的那句"那我就问你一句话"，都让信雄感到自己正在和那位右田老师展开对决。

"如果你刚才说的全都是实情，那你为什么不光明正大地要求和我见面？明明那么重大的事情迫在眉睫，你为什么不来拜托我呢？"

信雄一下子被问得哑口无言。一睡万年说得对。身为巡逻队长，他应该先把事情详细地告知一睡万年，然后再寻求对方的帮助。

"你觉得，我不会倾听你的诉求。你这是把我预设成了一个恶人。所以，我现在要把你当作一个小偷来对待。这么一来，我们之间就扯平了。"

"咚"的一声，一睡万年拍了一下信雄的肩膀。信雄立刻感到一阵头晕目眩，口中发出一阵猛烈的咳嗽声。

"你拿到的是百日咳。这也不是什么大病。好了，赶紧给我出去。我不喜欢你这种自作聪明的脾气。"

宅邸外面的世界还和早上一样秋高气爽、阳光明媚，只是在被咳嗽困扰的信雄眼中，脚下那条带他离开黑色大门的砾石路此时已蒙上了一层忧郁的灰色。信雄发烧了。因此，他没有顺路去其他地方，而是径直跟跟跄跄地跑回了苏西待着的那个橘子仓库里。

听完信雄的遭遇之后，苏西也跟着垂头丧气起来。

到了第二天黎明，苏西摇醒信雄，对他说："有一个好消息。那个旋转式密码锁的秘密被解开了。"

之前，在一睡万年宅邸里那两扇门的正上方，信雄都看到了一些既不像文字又不像花纹的波浪形的图案。地榆看到这些图案的照片时说："这些可能是昆虫的语言。"一问黄脸油葫芦，才知道原来那是石蛉使用的文字。苏西立刻叫来了石蛉。

"三五六，二八九四。"石蛉顺畅地念了出来。

原来，一睡万年无法一下子记住那些需要频繁变更的密码数字，于是，他就用谁也看不懂的石蛉使用的数字将密码写在了天花板上。

"下次，我带石蛉一起去。石蛉可以用叫声的次数来告诉我密码是多少。"

"我当然也要和你一起去。我的身体明天就可以恢复了。"信雄说。

从当天半夜开始，外面刮起了猛烈的北风。

到了深夜，苏西忽然想到了什么事情。她走出那间小仓库，站在橘子地的正中间，仰头望着天空。

信雄也走了出来。他发现在明亮的月光下，天上的白云正在狂风之中不断地往南边飞去。

"我听见了，听见了。啊——她们在唱歌，在唱战歌！"苏西将那张什么也没有的脸埋进披散的头发里，哭了起来，"我们再不抓紧的话，就来不及了。离十二月，还有几天时间？"

信雄一算，今天已经是二十八号了。再过两天，一百天的居丧期就要结束了。

水精灵们正全力以赴，紧锣密鼓地准备着这个复仇计划。

"好，我们现在就去一睡万年那里吧。"信雄下定了决心。因为到了白天，石蛉就要入睡了。

"那你多喝一点儿止咳药。"苏西说。

信雄牵着苏西的手，飞快地走到了一睡万年的宅邸前。他也不知道正在发烧的自己怎么身体里还保留着这么一股体力。不过，那扇小门此时已经关闭。无论信雄推也好，拉也罢，小门就是纹丝不动。

这时，待在苏西红色大衣口袋里的石蛉发出了"叮叮叮"的鸣叫声。

很快，四周便出现了一片虫鸣声。这些声音汇聚成一场大合唱，包围了整座宅邸。

从大门深处传来一道响亮的木屐声。一睡万年走下庭院，过来查看情况了。

"啊——好美的月亮。"

一睡万年自言自语了一句。然后，他打开大门，晃晃悠悠地出门散步去了。

信雄和苏西赶紧从大门冲进了宅邸。当他们来到

第一扇门前时，石蛉发出了"叮叮，叮叮叮"的叫声，把数字告诉了两人。接下来的第二扇门也一下子就被打开了。

门后就是疾病陈列室。那把黄金椅正在那里散发着璀璨的光芒。

苏西先坐上了黄金椅。椅子转了四五圈之后，苏西那张原本没有眼睛和鼻子的苍白脸庞上，开始冒出一股像是叹气时吐出来的热气。很快，椅子上就坐着以前那个拥有一双璀璨迷人的浅蓝色眼眸的苏西。

接着，轮到信雄坐了。信雄的百日咳是一种轻症，只要在椅子上转一圈，这个病就立刻甩了个干干净净。

"太好了。"

两人高兴地拉起了彼此的手。可是，虽然信雄此刻正拉着苏西，但他的脸变得像石头一样僵硬。

不知道什么时候，里侧的那扇门被打开了，已经回来的一睡万年正站在那里。他身上穿着一套带有粉色波点的睡衣。为了防止发型变乱，头上还戴了一个睡帽。

"哎呀，哎呀，三更半夜，大驾光临。"

一睡万年半开玩笑似的跟信雄二人打了一声招呼。说完，他便大步流星地走了进来。信雄和苏西一动不动地呆立在了原地。

"都给我，都给我，"信雄声音嘶哑地拼命请求道，"我可以多拿走两种病，请你放过苏西。"

一睡万年脸上的表情出现了一丝松动的痕迹。这是信雄从未见过的一种表情。

"好了，放轻松一点儿。"一睡万年邀请两人坐下，他的脸上似乎透露出一种既有点儿无精打采又有点儿难为情的神情，"你现在倒是有了一点儿巡逻队长的样子，虽然你之前是个小偷。你听好了，人在同一个时刻只能展现出一个样子。不过，在不同的时刻，就会展现出不同的样子。我现在穿着睡衣，戴着睡帽，如果这个样子还要逞威风的话，那就太奇怪了。"

不知怎的，眼看着一睡万年变得越来越和蔼可亲。

"你上几年级了？"

"五年级。"

"这样啊，你们数学课在学什么？"

"圆形的面积、比例之类的。"

"理科课呢？"

"声音和光的折射。"

"那些学校里不教的东西，你倒是学得很好。比如，爱，还有勇气。"

信雄慢慢地发现一睡万年已经原谅了他们，一下子放松了身体，脑袋也耷拉了下来。

此时，一睡万年似乎想到了什么。他对两人说："巡逻队长光临寒舍，我却什么也不拿出来招待，这可说不过去。你们在这里等着。我现在就去看看有什么东西可以拿过来招待你们。"

说完，一睡万年走出房间，去冰箱那里找东西了。很快，他便垂头丧气地拿着黑面包和茶走了进来。

"真是太糟糕了，东西都被大家吃了个精光。虽然，吃了那些东西的也不是别人，就是我本人。"

贪嘴的一睡万年开始聊起全世界的各种美食。

"队长，你最喜欢吃什么呢？"

"我什么都爱吃，"信雄回答，"不过，没有什么比踏青出游时，妈妈亲手为我做的饭团更好吃的东西了。"

"哦！"信雄的话勾起了一睡万年的兴趣，"那一定是很特别的饭团吧。你知道怎么做吗？"

"当然知道，"信雄边想边说，"如果你想吃的话，我明天就可以做给你吃，就当是谢礼吧。"

"哦，那可真让人感到高兴。"

之前，信雄觉得一睡万年和右田老师很像，没想到他现在竟然会流露出如此天真无邪的笑容。

"不过，为了吃这个饭团，只能请你来一趟双峰山的山顶。"

"为什么？"

"那里的山毛榉的叶子已经发黄了，得把那些带叶子的粗树枝'咔嚓咔嚓'地折下来当柴火，要不然就烧不出那种好吃到掉下巴的米饭。"

"这样啊。可是，要走到那个地方可不太容易啊。"

一睡万年犹豫了片刻，但他原本就贪吃，所以最后还是接受了信雄的邀请。

今年的秋天一直都是大晴天。或许是昼夜温差较大的缘故，双峰山上的红叶长得特别漂亮。据说，这样的美景，十年才能见上这么一回。

一睡万年想着，去看看红叶也不错。于是，第二天，他起得比往常都要早，九点左右就已经出门了。

一睡万年是一个身高三米五的彪形大汉，虽然在平地上行走时，他的脚速跟镇上的公交车差不多快，但是到了爬坡的时候，笨重的身体让他气喘吁吁，上气不接下气。

当爬到半山腰的时候，一睡万年已经饿得前胸贴后背了。他开始叫苦不迭。此时，苏西从山顶下来迎接一睡万年。

"就快到了。你闻，很香吧？"

从山上飘来了一阵香味，闻起来就像是烤鱿鱼时那种酱油的焦香味。

一睡万年的肚子饿得咕咕叫。他一言不发地继续往上爬。在山路两旁，鲜红色的大红叶枫、黄色的二柱槭、橘黄色的魔鬼槭纷纷将叶子层层相叠。天空在叶缝中闪烁着蔚蓝色的光芒。

一睡万年感到有些口渴，甚至还出了一点儿汗。

可是看到苏西在前面走得飞快，便觉得自己这么个彪形大汉，怎么好意思开口叫小女生"等一下"或"休息一下"呢？

最后，当一睡万年累得准备一屁股就地坐下的时候，那个视野开阔的山顶终于到了。

信雄一揭开大锅的锅盖，锅里便升起一片白色的水蒸气，把他的笑容全包裹了起来。苏西正在一旁将白色的葱花撒进煮得"咕嘟咕嘟"响的味噌汤里。

"请吃吧，这可是全世界最美味的东西。"

信雄一边朝自己的手上呼呼吹气，一边将做好的饭团递给一睡万年。

一睡万年一下子便把整个饭团塞进了嘴里。

"好吃。"

这是他开口说的第一句话。

他正饿着肚子，身体也活动过了，因此，这热乎乎的饭团吃起来特别美味。

七个，八个，九个，十个。一睡万年狼吞虎咽，吃得那叫一个尽兴。

"好了，我们稍微休息一下，欣赏一会儿美景吧。"苏西催促道。

多么雄伟壮观的景色啊！多么漂亮迷人的红叶啊！

不过，苏西好像不见了。正当大家疑惑不解的时候，有白色的东西从天上纷纷飘落下来。

"咦？"

下雪了。今年的第一场雪。

哇——

一股无声的感动包围了这片长满红叶的群山。雪童子从天上下来了。这些洁白的客人落到了鲜红的枫叶上。

雪童子们唱着跳着，不断地飘落到枫叶上。

我们终于见面了

红色的朋友们，我们终于见到了彼此

比东海的珊瑚

比西海的落日

还要美千倍百倍的

鲜红的朋友们

啊——这片赤诚的真心

我们终于见到了彼此

我们等待这一天已经很久很久

"我们等待这一天已经很久很久。"枫叶们也跟着一起唱了起来。

比南国的沙滩

比北国的天鹅

还要美千倍百倍的

洁白的朋友们

啊——这份纯洁的诚意

我们终于见到了彼此

"啊，这不就是世界上最美的风景吗？一边吃着全世界最美味的东西，一边欣赏着全世界最美的风景……"

一睡万年高兴得像个孩子似的拍起了手。突然，苏西摇摇晃晃地出现在两人面前，她的整张脸就像幽灵一样苍白。

"发生什么事了?!"信雄和一睡万年异口同声地叫了起来。

"来不及了，"苏西咬着嘴唇说，"我听说，火精灵们已经离开伽耶那山往最南边集结，在巴伯火山扎营了。水精灵们也正不断地乘着北风往那边飞去。而我们去那里需要三天时间，可是明天就是居丧期的第一百天了。"

听完后，信雄也变得目瞪口呆。辛苦了这么久，没想到却是白忙活一场。

不过，信雄突然想到自己还有一样东西，他的脸又一下子恢复了血色。

"没关系，苏西，我有这个。你看。"

信雄从制服的内兜里掏出了一颗像湖水般碧蓝通透的珠子。那是可以召唤水精灵芙洛拉的珠子。

"不行！"苏西尖叫了起来，她拼命地摇着头说，"一扔这颗珠子，你就会死的。"

到目前为止，没有一个巡逻队长在使用了这颗珠子之后还能够继续活着的。因为无论是火之男神，还是水之女神，都不能被其他人看到模样。不过，信雄当机立断，认为现在正是使用这颗珠子的时候。

"苏西，"为了说服苏西，信雄眼神坚定、语气坚决地说，"无论如何，现在都必须使用这颗珠子。"

"没错，"一睡万年在一旁果断地附和道，"这一刻已经来临，我们别无选择。"

苏西想要从信雄手中夺走珠子。正当两人你争我夺的时候，珠子飞到了半空中。信雄立刻用尽全身的力气，大声喊道："现身吧，芙洛拉！"

话音刚落，似乎有一张巨大如白色幕布的东西覆盖了整个天空。"信雄！"苏西发出了一声惊叫。与此同时，一睡万年用他的那只大手一把抓起信雄，一口将他吞进了肚子里。

之后，天地间只剩下一片白茫茫的水云，如烟似雾般四处流散。

11.
宫廷会议

　　这是十一月三十日的下午。在黄金宫的一个房间里，正在召开紧急内阁会议。黄金宫矗立在蜡笔王国首都克雷恩市的市中心，外观富丽堂皇，看起来就像一座中世纪的欧洲教堂。

　　十二种颜色的蜡笔大臣围坐在变色龙首相身旁。作为信息提供者的气象台台长信天翁博士手里提着一个沉甸甸的公文包，正在一旁待命。身为警察厅长官的德国牧羊犬急匆匆地跑了进来。

　　"哎呀，赶上了。"这位长官心满意足地看着大钟，此时指针刚好指向了两点的位置。变色龙首相一脸不悦地瞟了牧羊犬一眼。

"好了，信天翁博士，请继续你刚才的分析。"身为议长的灰色蜡笔催促道。

"正如各位大臣刚才看到的资料……"信天翁博士吐字不清地继续发言，"巴伯火山一带的岩浆活动变得极其活跃，火山口已经出现红热现象。可以说，即便现在就发生火山大爆发，也不足为奇。此次火山爆发的规模巨大，将影响到黑田县、栎木县、白岩县、灰岛县、草取县，给这些地区造成重大损失。另外，从巴伯火山一带往西北方向的天空中，有许多超乎想象的高密度雨云层正在不断聚集。不久的将来，那些地区可能会有四五千毫米的降雨量。虽然以前也有过火山爆发导致大暴雨的情况，但这次的规模在整个观测史上也属于史无前例。多个县将遭受重创。我们应该立即将居民们转移至其他地方。"

"你说的这个转移……"牧羊犬长官边说边皱起了

眉头，"这条红色斜线里面的全都是危险区域，对吧？可这个范围太大了。这里面有三十六个市呢。你得把最紧要的重点区域画出来。"

"这些就是最紧要的重点区域，牧羊犬长官。"变色龙首相不满地说，"气象台台长的意思是，整个蜡笔王国都会是受灾区域。"

"可是，首相阁下，"牧羊犬长官回了一句，"我想请您回忆一下，迄今为止，我们因为相信信天翁博士的话而吃苦头的事，已经不是一次两次了。"

"是的，"红色蜡笔附和道，"不过，虽然我们不信任信天翁博士，但遗憾的是，我们现在处境艰难，除了他，也没有其他可靠的信息渠道了。"

"不管怎么说，我们必须发布紧急事态宣言。"蓝色蜡笔斩钉截铁地表示，"这么多数据摆在面前，我们也无法装聋作哑。"

"那我们就发布紧急事态宣言吧。总之，先转移居民。毕竟，我们也只能把能做的先做了。"变色龙首相有些赌气地说。

"啊，这么一来，如果不把临时代理巡逻队长的猫头鹰转正，正式任命他为第七百七十八任队长的话，工作就无法开展。"牧羊犬把自己想到的事情说了出来。

"可以。以前那个孩子应该是回不来了。"

"他既然去了木舞山，现在就不可能平安无事。"

依照内阁决议，第二天，也就是十二月一日，政府发布了紧急事态宣言。许多城镇都收到了避难指令，这在全国居民中引发了轩然大波。大家慌慌张张地逃离家乡，而预备接纳这些避难者的地方则忙着做各种准备。整个蜡笔王国仿佛变成了一口沸腾的铁锅，到处都是一片混乱和紧张。

在黄金宫里，来往的大臣们步履匆匆，大家都被一种临战前的肃穆气氛笼罩着。第二天正午过后，信天翁博士汗流浃背地跑进王宫，他的脸色看上去就像死灰一样苍白。

"我要立刻觐见首相。"

"哎呀，一听这个声音就知道来了我最不想见的那个。"变色龙首相一边说，一边急急忙忙地跳了出来。

"什么事啊，博士？快说，说得简单点儿。"

"首相，自然现象这种东西，真是奇妙无比、难以预料。因为这次实在是太神奇了，我都不知道该如何形容了。"

"简单点儿，说得简单点儿。"

"首相阁下，原本以为必定会大爆发的巴伯火山，那一带的岩浆活动突然一下子恢复了正常。火山口的红热现象也消失了。"

"哦，哦。"

"本以为那些高密度的雨云层会降下一场史无前例的大暴雨，现在也全都消失了。那个地方目前是阳光普照，万里无云。"

"什么？你说什么？"

"阳……阳光普照，万里无云。"

变色龙首相的脸"唰"的一下变得一片苍白，随后又变成了猪肝色，最后，变成了酱紫色。同时，他的嘴里还在"噗噗噗"地吐着泡泡。信天翁吓得整个身体僵硬得像一块石头，战战兢兢地说："恕我冒昧，紧急事态宣言可能已经没有继续下去的必要了。因此，我才会这么全力冲刺地跑过来……"

"嘿……嘿……咦嘿……咦嘿。"

变色龙首相的叫声让人分辨不出他究竟是在哭还是在笑。他抱着头趴在桌子上。随后，这位首相就像发了疯似的高举着双手，大喊大叫了起来："这不是一件天大的好事吗？真是万岁、万岁、万万岁。我们的国家躲过了灾害！高兴起来！气象台台长！你真是给我带来了一个好消息！高兴起来！把下一任气象台台长的候选人给我推荐过来！好了！你立刻给我回去！我连你的背影都不想再看到了！"

信天翁博士垂头丧气地离开宫殿时，黄金宫里立刻召开了紧急内阁会议。

蜡笔大臣们异口同声地怒骂信天翁博士的无能。昨天刚公布紧急事态宣言，搞得全国上下鸡飞狗跳，今天却要解除紧急事态宣言，这简直就是儿戏！

"至少也要等上三天左右再解除吧，否则可不太妙啊！"

这次会议，老爱卡点到场的牧羊犬长官又是和平常一样，不到最后一分钟绝不出现，变色龙首相对此早已恨得牙根痒痒，于是，他故意将会议室里的那个大钟的指针往前拨快了三分钟。

所以，当牧羊犬长官又一次故意气喘吁吁地跑进来，一边说"啊，太好了，没有……"，一边看向大钟时……

"你迟到了！"变色龙首相立即做出了宣判。

"首相！虽然您这么说……"牧羊犬看了看自己的手表，正准备说些什么的时候，变色龙不容辩驳地训了他一句："你在地上转三圈，叫一声'汪'，迟到的事就算是过去了。"

牧羊犬一边嘀嘀咕咕地发着牢骚，一边试图确认一下周围大臣们的手表。可是，谁也没有搭理他。

　　过了一会儿，这位长官主动发言说："首相，之前那位行踪不明的巡逻队长好像平安无事，现在，我把他带过来了，正在外面等着。"

　　"你是个傻子吗？既然人都已经来到附近了，那不就说明他没出事吗？"变色龙越说越气，"然后呢？你想说什么？"

　　"您要见一见他吗？"

　　"我？我见一见他？"变色龙首相咬牙切齿地问道。这时，他忽然想起了黄金国王对他说的那句话："这个孩子就托付给你了。"

　　"也是，还有很多需要盘问他的地方。可以，把他带到这里来。"

　　很快，一阵敲门声响了起来。随后，信雄就像已经好几天米水未进，摇摇晃晃地走了进来。他的脸色白得吓人，双脚无力，眼睛里没有任何表情。

"这位就是前巡逻队队长信雄，"牧羊犬长官介绍道，"你为什么违令进入舞木山，不对，是木舞山？"

信雄没有出声。看得出来，他并不是有意沉默，而是他没听明白对方的问题。

"你没有把心珠给弄丢了吧？还有那两颗可以召唤精灵的珠子，拿出来，放在这里。"

变色龙首相将手伸了出来。信雄这才像是听懂了似的，慢吞吞地从那件脏兮兮的队长制服中掏出了彩虹色的心珠。接着，他又拿出了那颗可以召唤火精灵的鲜红色的珠子。

"还有一颗呢？"

信雄再一次慢吞吞地在口袋里摸来摸去。眼看变色龙就要失去耐心的时候，信雄终于抓起一颗浅蓝色的珠子，递到了变色龙的手上。

"呀！"首相大惊失色，他看到这颗浅蓝色的珠子里出现了一条像彗星尾巴的银色斜线，"你用了这颗珠子？"

信雄点了点头。大臣们全都咽了一口口水，紧张得屏住了呼吸。他们无法相信，竟然有人在用了这颗珠子之后还能活着回来。

"巡逻队长，请汇报整个事件的来龙去脉，"变色龙首相重新下了一道指令，接着，他用力地挥了挥手说，"等一下，我们换一个会场。大家去地下二层的密室！"

一个小时以后，一辆救护车在一阵疯狂的鸣笛声中冲出了宫殿大门。

信雄将一切全盘托出之后，便昏倒在了地上。那辆预停在王宫里的救护车立刻将他送往这个国家设备最精良的国立梵高医院。目送救护车离开王宫大门之后，变色龙首相转过身，目光锐利地注视着眼前的一群大臣。

"如果这个孩子死了，你们全都得这个，"首相一边说，一边把右手横放在自己的脖子上，"当然，我也一样。因为我们现在之所以还能够站在这里，全都仰仗这个孩子的勇气。"

说完，这位上了年纪后变得多愁善感的变色龙首相"哧溜哧溜"地抽起了鼻子。

12.
在医院的病床上

医院的玻璃窗呈现出一片浅蓝色。因为今天是一个大晴天。

这会儿，玻璃窗上开始泛起红光。那是因为夕阳正映照在云彩上的缘故。

后来，红光又变成了乳白色。外面已经是阴天了。

有时候，窗外细雪纷纷，就像是天空撒下了一地的烟尘；有时候，鹅毛大雪缓缓飘落，仿佛天空正在下一场花瓣雨。

四周空气浓稠黏腻，一片朦胧。

在信雄的世界里，看到的、听到的、摸到的，全都虚无缥缈得像是蒙上了一层绸纱，总给人一种不真实的感觉。

每天早上，松鼠护士都会过来给信雄测量体温，然后把一株鲜花插进那个小小的玻璃花瓶里。

郁金香、水仙花、三色堇、欧洲银莲花、康乃馨、玫瑰。

四周空气浓稠黏腻，一片朦胧。

那个时候，一睡万年把信雄一口吞进肚子里自然是为了救他。等水精灵芙洛拉牵着苏西的手一起回到天上之后，一睡万年便赶紧将信雄从肚子里吐了出来。幸好，信雄醒过来了。一切似乎都进展得非常顺利。

可是，当信雄准备飞到天上去寻找那些乌鸦部下时，他一下子又掉到了地面。信雄好像已经没有任何体力了。无奈之下，他只好坐上了那趟开往蜡笔王国首都的列车。那之后发生的事情就像是做了一场梦，只剩下一些断断续续的模糊片段。信雄不仅失去了体

219

力，就连思考的力气也完全没有了。他丧失了所有的自我意识。

这或许是因为这趟冒险之旅积累的疲倦，全都一下子爆发出来了的缘故。也或许是因为他看了一眼像白色幕布似的笼罩着整片天空的水之女神，因此受到了神力的攻击。又或许是被那白茫茫的水云遮蔽之时，苏西在拼命地朝自己伸出双手，疾呼"信雄！"，所以在信雄的心中，她的身影以及她的声音全都深深地烙下了印记，让他无法忘怀。

四周空气浓稠黏腻，一片朦胧。

只有在看到花瓶里那朵深蓝色的风信子时，信雄的眼中才会闪现出些许亮光。

"这朵花难道不是一个长着蓝色眼睛、蓝色长发的女孩拿过来的吗？"

"不是，这是我从医院的温室里拿过来的。"

"我好像听到了钟声。是钟声。"

"那是美色寺的钟声。"

"好安静啊。这家医院建在沙漠里吗?"

"不是,这家医院建在最繁华的大路旁边。因为这里是位于第七十五层的特护病房,所以才会这么安静。"

"刚才来了一个奇怪的家伙。长得像乌龟,还留着胡子。"

"那是内阁书记官。他是来通知您将获得一等功特别樱花大勋章的。"

"好像红鬼也来了。是从这扇窗户外飞进来的。"

"那位是本医院的外科主任白鹭博士,她戴着面具。因为今天是节分 ①。"

"好像老有谁在打电话。"

"是负责清扫的远东山雀阿姨。每天早上八点,她都要打电话叫女儿起床。要不然她女儿上学就要迟到。如果您觉得吵,我让她去别的地方打电话吧?"

---

① 节分是日本的传统节日之一,指每个季节开始之日的前一天。后来大多指立春的前一天。

"没，她没有吵到我。"

四周空气浓稠黏腻，一片朦胧。

"刚才那个不是天狗吗？天狗好像把河童带过来了。"

"天狗是检察官，河童是律师。因为法院收到了关于您无法出庭的书面资料，所以他们过来确认情况是否属实。当然，这只是走个过场而已。"

"我要去法院吗？"

"队长，虽然您现在是一个即将被授勋的大人物，可是您毕竟违反了国法，擅自去了木舞山，法院那群官员也不能置之不理啊。因为这就是他们的工作。"

"工作？那我的工作是什么？啊——我上学要迟到了。"

"您的工作就是尽快把身体养好。"

四周空气浓稠黏腻，一片朦胧。

"我想去泡温泉。"

"Wenquan?" ①

"如果能去那种被一大堆绿叶包围着的、山里面的温泉的话……"

"Wen……quan?"

松鼠护士满脸诧异地又重复了一遍。或许，蜡笔王国里没有"温泉"这种东西吧。

四周的空气依旧是一种浓稠黏腻的感觉。

"现在还是冬天吗?"

"是的。"

"快到春天了吗?"

"您要说现在是春天也可以，说是冬天也行。就是这么个季节。就像您的病情一样，反反复复，没个定性。"

"今天的花是仙客来吧?"

"您喜欢什么花?"

---

① "温泉"的拼音。

"浅蓝色的花。我最喜欢蓝色的睡莲。"

"睡莲是夏天的花，时间还早着呢。我给您读报纸吧？带点儿春天气息的新闻比较好。'临近毕业，青鳞鱼的学校将那些泳技不佳的差生一起送到学校对面鲫鱼老师开的培训班里。大家在短短一天之内就学会了游泳。不过，或许是因为这种高强度的特训令大家难以忍受，所以出现了许多学员逃跑的情况。鲫鱼老师说，我们有必要告诉学生们，这是一个你死我活的残酷世界。'这个新闻有点儿可怕呢。让我看看，难道就没有平和一点儿的新闻吗？啊，我想起来了，想起来了。我听说，现在是帽子店最忙碌的时候。

"笔头草很快就要出现在河堤和广场上了。虽然笔头草一般都在温暖的晴天现身，但现在还会出现倒春寒的情况，吹吹北风，下下小雪，这么一来，笔头草的脑袋受了凉，就会想要戴帽子。这个时候，他们会选择戴什么颜色的帽子，就直接决定了每一家帽子店今后的命运。如果最初那一批笔头草戴了黄色的帽子，那么后面那些蜂拥而至的笔头草也会想要戴黄色的帽子。每年的流行风向就这么被固定了下来。在帽子店的工厂里，摆放着装有各种颜料的木桶，其中有装着用水仙花汁煮出来的白色颜料的木桶，装着用蒲公英花汁挤出来的黄色颜料的木桶，还有阿拉伯婆婆纳的天蓝色、东北堇菜的紫色、桃花的粉色、郁金香的红色……大家都满怀期待地等待着最终结果的出现。

"可是，无论帽子店准备了多少颜料，最后都会不够用。因为在春分前后，一起出现的笔头草多达几千亿株，所以当年流行色的帽子一下子就会卖光。于是，帽子店会事先做出预测。比如，如果有帽子店认为当年的流行色是白色，那么店里购入的白色颜料的数量就会是其他颜色的二十倍左右。从现在开始，大约一个月里，每家帽子店都会日夜不休地开展这个准备工作。这些事情，我都是从负责清洁的远东山雀阿姨那里听说的。那个阿姨在结束医院的清扫工作之后，还会继续去帽子店打工。"

"啊——那位清洁工阿姨还有个女儿吧，喜欢睡懒觉的……"

"是的呀！因为当妈的太宠了，溺爱过了头，据说闺女很任性呢。"

"阿姨的女儿好像是一条蛇。"

"哎呀，阿姨给您看照片了吗？女儿是阿姨的骄傲呀，因为长得很漂亮。不过，阿姨好像也有许多不便言说的难处呢。当后妈的……啊，您怎么了？"

"后妈"这个词一下子刺痛了信雄。这是信雄住院以来第一次有了疼痛的感觉，就像有一个尖锐的物体扎进了他的五脏六腑。

"她为什么会收养一条蛇宝宝呢？"

信雄第一次感到自己的喉咙里发出了声音。

松鼠护士愣住了，她被信雄突如其来的大嗓门给吓了一跳。

"好像是说，之前有一条长着黑斑的白色大蛇来到了一个鸟巢底下。里面的小鸟们都慌成了一团。有一只鸢飞了过来，朝着大蛇的脑袋啄了一下，然后，那条蛇就不动了。第二天一看，发现大蛇已经死了，而她的旁边居然盘着一条小小的蛇宝宝。

"那位清洁工阿姨看到之后，就决定要将蛇宝宝当作自己的孩子抚养长大。那是一条东方链蛇，颜色特别漂亮。尤其是在小的时候，淡粉色的蛇皮一闪一闪的，黑色的圆形斑纹四周就像晕染了一圈蔚蓝色。话说回来，队长，您怎么了？眼睛里一下子有了精神！您要不要去窗边看一下风景？"

"好。"

信雄准备从床上起身。

这样的事情之前从未发生过。虽然松鼠护士曾多次向信雄提议，让他去看看窗外的风景，可是信雄一直都是缺乏兴致的样子。

"请扶住我的肩膀！"松鼠护士说。

信雄使出全身力气，踉踉跄跄地向窗边靠近。透过那扇宽敞的玻璃窗，他看到了楼下的景色。

这里是一座繁华都市的市中心。一排排五颜六色的汽车，看上去就像是一粒粒小豆子。成群成片的楼房有大有小，仿佛是小孩子胡乱摆放在地上的一堆积木。信雄所在的这家医院，此刻投下的黑色阴影正像一座大桥，横跨在这些楼房之上。

　　富丽堂皇的王宫露出了尖塔屋顶，宛如一把高高竖立的长枪，旁边是美色寺的寺院，其中还有一座庄严雄伟的五重塔。天蓝色的列车感觉是在游乐园里慢慢悠悠地往前行驶。

　　忽然，有泪水莫名地从信雄的眼中滑落。

　　"您怎么了？为什么哭？"

　　信雄的眼泪越落越凶，他的心里却越来越轻松。

　　"我也不知道自己为什么会哭。在很长一段时间里，每次想哭的时候，我都尽力忍住不哭，那些积攒下来的眼泪现在都出来了。"

　　"不要忍着，把眼泪都哭出来对身体有好处。"松鼠护士说。

"可是这么一来，我就会一直哭，别人会以为我是一个窝囊废。所以，我就养成了一个毛病，不管是后悔，还是悲伤，我都不哭。我现在哭，是因为心里高兴。能看到这么美的风景，我心里真高兴。"

第二天一早，远东山雀给女儿打电话，叫对方起床的声音同时也叫醒了信雄。

他一下子稳稳地站到了地板上，然后穿上拖鞋，走出了病房。

看到特护病房里身份高贵的病人出现在自己眼前，远东山雀大吃一惊，正准备挂掉电话。

"电话借我用一下，"信雄突然伸手抢走了听筒，"啊，喂，喂，快点儿起床。你妈妈都开始工作了，你快点儿起来。"

"什么呀，你是谁啊？讨厌！这是谁啊，妈妈？"听筒里传来了蛇女儿生气的声音。

远东山雀满脸通红，手忙脚乱地一会儿向信雄道歉，一会儿又跟女儿说对不起。然后，她慌慌张张地把电话挂断了。

"你对自己的孩子太客气了，语气要再强硬一点儿才好。"

不知不觉中，信雄的话语里透出了巡逻队长的威严。

"我完全不了解那个孩子，"远东山雀顿时沮丧了起来，她情绪激动地想把所有事情全都一股脑地告诉信雄，"我工作太忙了，没法待在孩子身边。当我这么拼命工作的时候，孩子却离我越来越远。好像我就是为了躲避那个孩子才会出来工作似的。因为我从来没有尝试过去了解那个孩子，所以现在才会遭到上天的惩罚。我老是忍不住这么想。"

"你为什么要躲着自己的孩子？"

"我不知道。我对自己没有信心。我没有信心可以成为那个孩子的妈妈。那个孩子每天早上都不起床。她说：'鸟要早起，但是我的身体和鸟的不一样。'无论什么事情，都是这个样子。我不了解那个孩子。我能做的也就只有拼命工作，然后给那个孩子买一些她想要的东西。"

说着，远东山雀的眼泪"哗哗哗"地落了下来。

信雄的内心在隐隐作痛。

"你女儿想要的或许是其他东西。"

"我知道，"远东山雀哭着说，"所以，那个孩子才会故意做一些让我为难的事情。她很寂寞，非常寂寞。"

"既然这样，那你还是尽量待在家里比较好吧？比如说，像今天……"

远东山雀一听，立刻窘得连鸟嘴尖都变成了鲜红色。接下来的这段日子，她在帽子店打工时，中午都得去河堤那边巡逻。从两三年前开始，那一带出现了一种恶性的欺诈行为。不知是谁抢在笔头草长出来之前，在河堤那里摆放许多笔头草外形的玩具，然后给这些玩具戴上自己计划出售的颜色的帽子。这么一来，当笔头草长出来之后，他们也不知道自己看到的笔头草其实只是玩具而已，就想要戴玩具头上的那种颜色的帽子。从今年开始，帽子工会协商决定，要纠正这股不良之风。于是，工会成员成立了监察队，只要发现笔头草玩具，就会一律没收。

　　远东山雀就是一名监察员。早上，当女儿还在睡梦中时，远东山雀就必须来医院上班了。因为在医院九点开门之前，她要完成地板的清扫工作。九点到中午，她要一直擦拭玻璃窗。在医院吃过午饭之后，远东山雀要赶去帽子店，和其他几名监察员一起坐上一辆小巴士，前往那条流经克雷恩市市中心的青马川的河堤。直到天暗之后，监察工作无法再继续进行，她才回到帽子店，开始制作帽子。笔头草帽子的制作工序非常烦琐。这些帽子其实就是前一年秋天的橡子顶部的壳斗。这些壳斗大小不一，形状各异，其中有来自青冈栎或青椆的横条纹橡子，也有来自枹栎或蒙古栎的格子纹样的橡子。最后，还要剪下山茶花的叶子，用蜘蛛丝缝成帽舌。

等到远东山雀筋疲力尽地回到家时，大概已经快晚上七点了。她之所以这么拼命工作，全都是为了让女儿能够在毕业典礼上拥有一套高级礼服。

这天下午，头戴大礼帽、身穿燕尾服的内阁书记官象龟来到了信雄的病房。他双手戴着白手套，将之前知会过的一等功特别樱花大勋章授予了信雄。这条勋章颈饰做工精良，外观奢华，上面装饰着四十八朵樱花，是用淡红色珊瑚精心打磨制作的。

"好了，戴上去看看。"

虽然信雄身上现在只穿了一套睡衣，但因为象龟在那里催促，他也只好将这条勋章颈饰戴在了脖子上。

"我看看，我看看，"为了能够看清楚，象龟特意戴上了一副眼镜，在那里仔仔细细地看了一会儿后，他嘀咕了一句，"啊——真是牛嚼牡丹，暴殄（tiǎn）天物。"

不过，象龟是刀子嘴豆腐心。在他离开差不多一个小时以后，有一个大包裹被送到了病房里。

信雄打开一看，发现里面装着一套崭新的巡逻队长制服和一顶制服帽，另外，还配齐了从鞋子到佩剑的所有物品。这些衣物上面放着一封信。信里用漂亮的毛笔字写了一句话：人靠衣服马靠鞍。

信雄将这套散发着染料味道的新制服穿在了身上。然后，他戴上帽子，又将佩剑挂在了腰间。最后，他站在镜子前，将那条樱花大勋章颈饰戴在了脖子上。在这套绣着耀眼银丝图纹的制服的衬托下，珊瑚的淡红色显得格外光彩夺目。

信雄的体内好像又重新燃起了一股新的力量。

13.
日野须十二温泉

　　一天，信雄吃好晚饭后，并没有像往常那样躺在床上，而是站在窗边静静地注视着脚下那片璀璨夺目的都市夜景。

　　霓虹灯在闪烁。电子广告牌上的文字在不停地滚动。彩灯时闪时灭。一排排正在移动的汽车看上去就像是一个个小灯泡。

　　整座城市都在生机勃勃地活着，呼吸着。

　　"咚咚咚。"

　　突然，响起了一道克制的敲门声。

"请进。"

信雄打起精神，眼神也随之变得锋利了起来。

这时，远东山雀跑了进来。

"请您帮帮我，队长！"这是远东山雀开口说的第一句话。

"出什么事了?！"

"不见了，孩子不见了！怎么办?！我不想报警。"

"怎么了？不会又是离家出走吧?！"

刚问完，信雄便感到这句话像一把短刀插进了自己的胸口。

是的，他自己就是一个离家出走的孩子。

"因为孩子想故意为难我。"

信雄咬紧了嘴唇。他的眼前浮现出那个朝右田老师吐了口水之后，沿着夜晚的山路一溜烟逃走的小小身影。

那个时候，信雄为什么没有直接回家呢？那个时候，想故意为难妈妈的念头难道没有在他心里一闪而过吗？妈妈难道没有像这只远东山雀一样，觉得是"因为孩子想故意为难我"吗？事实不就是这样吗？

当时，信雄心里是一千个、一万个不愿意回家。这件事果然是做错了。眼前这位可怜的远东山雀阿姨被泪水击垮的身影不就是最好的证据吗？先不说当时朝右田老师吐了口水后逃走的事情对不对，没有回家这件事就是做错了。不管是对妹妹清子，还是对爸爸，特别是对立场复杂的妈妈，他都做了一件非常过分的事情。

信雄好不容易才压抑住了自己澎湃的内心。然后，他一言不发地将刚才内阁书记官好心送来的巡逻队长的制服和制服帽快速地套在了身上。

因为病房的门无法从外面上锁，为了防止樱花大勋章丢失，他就把勋章放进了口袋里。

"好了，我们走吧。"

信雄先观察了一下四周，然后悄悄地来到了走廊上。他试着用脚后跟轻轻地跳了一下，想看看自己还能不能飞起来。不出所料，没有了那三颗珠子，信雄根本飞不起来。

"在我乘上电梯之前，你先把值班室的护士引到其他地方去。你就编个理由，比如说，好像煤气泄漏了什么的。"

在远东山雀把护士引往厨房方向的时候，信雄走到了电梯前，一口气下了七十五层。

接着，信雄光明正大地从大门接待处往外走去，谁也没有过来阻拦他。

远东山雀很快便追了上来。

"你心里有没有什么头绪？"

"……"

"在被你领养之前，你女儿住在哪里？"

远东山雀回答，就住在青马川河堤旁边那座小神社背后的林子里。

因为信雄还没有恢复体力，所以他举手招来了一辆出租车。然后，他小声地对远东山雀说："我没带钱。"远东山雀听到后点了点头。

出租车驶离了繁华大道，在一片昏暗寂静的街区里转来转去，最后停在了一座小神社前面。

神社旁边有一条上坡道，通往青马川河堤。

远东山雀立刻扑进了树林里。信雄则爬上了河堤，因为他希望最先找到女儿的是身为妈妈的远东山雀而不是他自己。

此刻，吹拂在河面上的晚风依旧是冬天的寒风。

如果东方链蛇那个孩子不在这里的话……

正想着，信雄忽然看到河边枯萎的芦苇丛中出现了一个身影。这让他大吃一惊。信雄一眼就看出对方是一个水精灵。但是，那不是苏西，而是一个年纪更大的水精灵。

这个浅蓝色的女子悄无声息地横穿过长满芦苇的河滩，很快便来到了信雄的身旁。她似乎是生活在这条河里的一个水精灵。

"巡逻队长阁下，"这个青马川的水精灵声音响亮地说，"主人让我转告您，请您前往木舞山。一个小时之后，我会来迎接您，请您在此稍候。"

说完，水精灵便转身准备离去。

"啊，你有没有在这附近看到过一条白色的小蛇，身上有蓝色斑纹的……"

"白蛇？我去问一下。"

水精灵说完便消失在了河流之中。大概过了十分钟左右，她又重新站在河流正中间的浅滩上。

"您说的是这条蛇吗？"

水精灵把一条蛇放在了信雄所站的岸边的一块小石头上。这确实就是东方链蛇。

哪怕是这么一位刁蛮任性的大小姐，现在也被夜晚浅滩的寒冷和恐怖的环境吓得抽泣不停。

而身为妈妈的远东山雀，此时还在神社那片漆黑的林子里四处乱飞，口中呼唤着孩子的名字。

"好了，快去，"信雄朝这个娇蛮女儿的后背推了一把，"你只要跑过去就可以了！什么都不说也没关系，只要跑过去就可以了!”

白色的小蛇先是畏畏缩缩地移动了几步，眼看着她越爬越快，最后在枯芦苇下面"沙沙沙"地跑了起来。

"妈妈……"

远东山雀听见了，她就像一颗出膛的子弹，也朝着河滩这边快速地飞扑了过来。

母女俩紧紧地拥抱在了一起。

信雄悄悄地走下了河堤。虽然他现在筋疲力尽，但内心是一片明亮，充满了希望。因为他马上就要见到苏西了。

过了一会儿，从河的上游漂来了一条无人乘坐的独木舟。当独木舟漂到信雄面前时，船边突然冒出了一张脸，是刚才那个水精灵。她爬到船上来了。

"来吧，请坐船。"

这条独木舟是将一根粗壮的树干中间挖空后制作而成的，船身还贴了一层水牛皮来减少波浪的阻力。

信雄一踏上独木舟，船身便剧烈地摇晃了起来。等人坐稳之后，船底在信雄体重的作用下往水里沉了沉，很快又恢复了平衡。

船上既没有桨，也没有橹。正当信雄疑惑该如何划船时，对方不愧是水精灵，她拿出芦笛，静静地吹了起来。

独木舟不断地往河下游漂去。信雄觉得，这并不是船在走，而是河水在水精灵的笛声中推着船在往前走。

很快，他们便来到了海面上。独木舟就像是一只乖巧听话的小动物，沿着海岸线继续前行。

接着，他们来到了另一个河口。此时，芦笛声变成了一段短小急促、断断续续的音乐。独木舟开始沿着河水逆流而上。

信雄看着四周黑漆漆的水面时，感觉这条独木舟正在被河水快速地冲向大海。但是，当他抬头望向对岸的山峰时，又发现这条船确实是在飞速地往上游方向移动。

信雄的手脚被冻得失去了知觉。在不知不觉之中，他迷迷糊糊地睡着了。

当他醒来时，天色大白，已经是早上了。独木舟再次漂浮在一片风平浪静的海面上。

"我们到达蜻蜓大池了。"

信雄吓了一跳，原来这里不是大海。没想到蜻蜓大池竟然是一个如此宽阔的大湖。这让他重新意识到，去年夏天，这里的湖水减少得有多么厉害。

当独木舟航行在湖面上时，四周的雨雾已经消散，信雄看到了伽耶那山褐色的山体。

啊！信雄想起，那片林子里的山路就是自己踩着鲫鱼肚子爬上去的那条路。

此时，独木舟驶离大池，沿着一条汇入大池的小河继续往前漂流。

河道两岸的绿色逐渐消失，全都变成了一些深棕色的岩石。在一个小瀑布下面，独木舟结束了这趟旅途。有一个身材极其纤细的水精灵正在那里等候信雄。对方还特意为他准备了热茶和饭团。这些大概也是苏西吩咐的吧。

这个水精灵领着信雄走进了木舞山。

木舞山还是和上次一样，四处弥漫着该地特有的浓雾。如果没有领路者，信雄真不知道该往哪里走才好。

"我能见到苏西吗？"信雄问出了心里一直在思考的一个问题。可是，对方假装没听见。于是，信雄又重新问了一句："我能见到苏西大人吗？"

"苏西大人不会见任何人。"水精灵的语气中带着一种"你别开玩笑了"的感觉。

"那我们现在究竟要去哪里？"

"苏西大人命令我带您去温泉，"水精灵冷淡地回答，"您闻，空气里已经有温泉的气味了……"

当信雄看到前面出现了一块像黑色巨兽似的岩石时，他"啊"的一声叫了出来。这块岩石就是那天他偷袭火精灵道恩上尉时藏身的地方。也就是说，那上面曾经有一个火精灵的司令部。苏西策马飞奔，在那里展开了一场突袭。同样是在那里，苏西的剑砍伤了信雄的肩膀。

爬上去之后，信雄发现，即便是在一片雾气之中，自己也能够看到一些景色。那天的战斗景象似乎也时隐时现，火精灵阵营里的红色火焰、排成一字形冲进来的水精灵的浅蓝色军队仿佛就在眼前。

"请您看那边。"水精灵催促信雄看向另一个方向。

"啊！"

一个奇妙的彩色世界瞬间跃入信雄的眼帘。红色、蓝色、白色、黄色、粉色、草绿色、绿色、褐色、浅蓝色、肉色、黑色、灰色，这些地上的圆形水池就像十二种颜色的色卡，冉冉升起的热气将这些颜色融合成了一幅色泽柔和的色粉画。

"那就是日野须十二温泉，"水精灵对信雄说，"您可以在十二座温泉里慢慢泡澡，休养十二天。这样，您的病就会痊愈。请慢慢享受。如果有什么吩咐的话，请联系那座登山小屋。"

说着，水精灵伸手指向了十二座温泉中央那间看起来就像是一幢火柴盒似的小房子。然后，她便消失在了雾气之中。

信雄朝着温泉热气的方向往下走去。

一路上看不见任何身影。当信雄走进登山小屋时，他发现有一个上了年纪的火精灵老爷爷正独自坐在里面。

"这些温泉是什么时候出现的？"信雄问。

"还不是昨天才出现的嘛。所以啊，这不就去接您过来了嘛。您可真是幸运呢，可以比神仙们更早地泡到这些温泉。"

十二种颜色的温泉就像是十二碗美味诱人的汤水，充满了一种黏稠、神秘、深邃的色彩。热腾腾的香味飘荡在空旷无人的岩地上空。

信雄首先进入了红色温泉，那泉水就像注入了草莓牛奶似的。当他将脖子以下的身体全都浸泡在温泉里时，一股舒适的热量便钻进了他身体的最深处。信雄感到那些深入骨髓的腐朽气体全都变成了细小的气泡，正在"噗噗噗"地不断往外飘散。

接着，信雄进入了那个浅蓝色温泉。这里的热度就像是一双温柔的手，轻轻地抚摸着他体内的褶皱，轻柔地按压着那些硬化的、凝固的、萎缩的部位。

黄色温泉可以让肌肤变得水润有光泽。褐色温泉能够让人放松身心。信雄感觉自己整个人都要融化在里面了。

信雄泡了四五天的温泉之后，身体便已经痊愈，体内每天都会产生一种全新的力量。

到了第十一天的傍晚，信雄照常在十二种颜色的温泉中泡了一圈之后，开始往绿色温泉前面的那处悬崖走去。从远处看，那里只有一段石阶，上面空无一物。因此，信雄之前一次也没有去过那里。可是，他感觉今天那里好像发生了什么变化。

信雄赤脚爬到那段石阶的最高处时，发现眼前果然新立了一块庄严肃穆的石碑。到昨天为止，那里确实什么也没有。看来，不知是谁连夜在那里竖起了这块石碑。

日野须十二温泉的由来

此处十二温泉由水火两界所赠，旨在庆祝火精灵之子赫顿和水精灵之女苏西的大婚之喜，象征着水火两界和睦友好的情谊。由于蜡笔王国第七百七十七任巡逻队长信雄舍己忘我的居中调停，长年不睦的火精灵和水精灵之间不仅冰释前嫌，还结出了全新的、永恒的爱情果实。水火两界将不复以往的宿敌之仇，而结成了同心协力的姻缘之亲。因此，我们从赫顿、信雄、苏西三人的名字中各取一个首字母，将此处温泉命名为日野须十二温泉①。

　　此外，在这十二温泉之中，红色温泉是……

信雄已经无法再继续看下去了。

苏西竟然要和赫顿结婚了。

对信雄来说，这个消息无异于当头一棒。

但其实冷静下来仔细一想，如果说信雄的勇气是一颗种子的话，那么这颗种子播种下去之后，所能带来的最好结果不就是这个吗？这么一来，火精灵和水精灵之间将永远不会发生争斗。

可是，信雄还是扑簌簌地流下了苦涩的泪水。

松鼠护士是不是说过，想哭的时候就哭吧，信雄心想。

好在周围没有人，信雄痛痛快快地哭了一场。

第二天，之前那个领着信雄进山、喜欢摆架子的

---

① 在日语中，赫顿、信雄、苏西三人名字的首字母发音分别为 hi、no、su，刚好对应日野须的日文发音Hinosu。

水精灵来到了登山小屋。

"请您今天就离开木舞山。这是苏西大人的命令。"

当她向信雄传达这道指令时，信雄的内心已经恢复了平静。他点了点头说："请你转告苏西大人，我今天就会下山。另外，请你代我转达我对苏西大人的谢意，还有，由衷地祝她永远幸福。"

"遵命。"水精灵向信雄鞠躬致意，然后，她接着说，"还有一件事，三天前，蜡笔王国的使者来到了蜻蜓大池，正在那里等您。"

信雄的脑海里冒出了一个念头：我想见见苏西，和她说声再见。

然而，这是个恋恋不舍、优柔寡断的念头。信雄心中忽然响起了一睡万年那天说的话——"这一刻已经来临！"是的，这一刻已经来临。

过了下午四点，夕阳开始笼罩这座浓雾缭绕的木舞山。

信雄迈着沉重的步伐，跟着领路的水精灵离开了日野须十二温泉所在的那片岩地。

　　没过多久，信雄便遇见了大约十个水精灵和火精灵。他们结伴而来，其乐融融地唱着歌，和信雄擦肩而过。

　　　　这一刻已经来临

　　　　突然，我看见了大海，看见了春天

　　　　这一刻已经来临

　　　　有什么东西已经改变

　　　　柠檬色的清晨，我即将远行

　　　　心怀爱意，一步步走在

　　　　这张四季的地图之上

　　　　脚下的道路将带我去往一个新世界

　　　　这一刻已经来临

　　　　突然，我看见了你，看见了爱

　　　　这一刻已经来临

有什么东西正在发光

在咖啡色的黄昏中

燃烧那片叫作过去的叶子

再见吧，再见吧

明天，我即将启程前往一个新世界

信雄他们抵达蜻蜓大池时，已经是深夜了。

有一辆吉普车停在池边的道路旁。猫头鹰穿着和信雄一样的巡逻队长制服，靠在车身上。

猫头鹰一看到信雄，便立刻庄重地向他敬了一个礼。

"我那卓越伟大的前任队长，我那功绩显赫的后任队长，第七百七十七任巡逻队长，我将向您转达蜡笔王国国王的命令。"

猫头鹰将手中的一张纸平展开来，然后对着信雄念了出来："小林信雄，两次违反国家禁令，责令其限期出境。蜡笔王国黄金国王。"

信雄听完后点了点头。他的脑海中突然再次出现了一睡万年说的那句"这一刻已经来临"。

"我会送你回家。现在，请换好衣服。"

猫头鹰把信雄进行星座观测那天穿的制服裤和毛衣带过来了。于是，信雄更换了衣服。

猫头鹰将信雄换下来的队长制服整理好后，对他说："这是你的私人物品。"

说完，猫头鹰将那条珊瑚制成的樱花大勋章颈饰递给了信雄。

两任队长沉默地坐进了吉普车。

车子在山路上行驶了好几个小时。

这一路上，信雄只是一味地望着头顶的星星。从那个参加星座观测的春假夜晚算起，已经过去了整整一年的时间。

忽然，空气中出现了大海的气息。吉普车停了下来。他们来到了一处山顶。眼前有两条下山的路。一条是车辆可以通行的宽敞大道，另一条却是让人心里直打鼓的小路，前面有一片仿佛会将人一口吞噬进去的黑漆漆的杉树林。猫头鹰伸手指向了那条细窄的坡道。

"你从那条路下去。我们就在这里告别吧。"

猫头鹰突然朝信雄伸出了一只翅膀。信雄的内心百感交集，一时间不知道该如何是好。

"蜡笔王国的英雄，请你勇往直前!"猫头鹰亲切地说，"看，那里有人在等你，是你一直在等的那个人。"

信雄扫了一眼，发现那里有一个身影。好像是苏西。

"苏西。"

信雄慌慌张张地结束了和猫头鹰的握手，朝着那个身影跑了过去。

苏西慢悠悠地往杉树林里走着。看那样子，既像是在等信雄，又像是在邀请信雄过去。

信雄就像害怕眼前的幻影会消失似的猛冲了过去。

然后，他气喘吁吁地紧紧依偎在苏西身旁。

的确就是苏西。那双平易近人的浅蓝色眼眸，令人怀念的浅蓝色长发上正戴着一朵硕大的蓝色睡莲。

忽然，苏西牵起了信雄的手。

"我不会忘记，我们曾经这样手牵着手，翻过那座秋天的双峰山，"苏西用一种大姐姐似的语气亲切地对信雄说，"最后能够见上一面，真的是太好了。"

"你结婚了吗?"信雄的喉咙里好像被塞了一块石头。

"还没有。明天结婚，"苏西爽朗地笑着说，"所以，我今天才会来这里送你。"

"啊，对了，"信雄突然想到了一件事，他将手伸进了口袋，"我想把这个作为贺礼送给你。"

信雄拿出来的正是那条一等功樱花大勋章。

"谢谢。"

苏西停下了脚步。信雄亲手将大勋章戴在了苏西雪白的脖子上。

很快，他们便走出了昏暗的杉树林，来到了一片宽阔的芒草地上。信雄立刻意识到自己脚下踩着的是什么地方。

这是自然公园不远处的那座小山。啊，他看到了同学们的身影，还听到了他们的声音。

"信雄同学……"

"小信雄……"

"啊——他们在那么拼命地呼唤着你。"信雄的耳边响起了苏西的声音。

时间开始在信雄眼前疯狂地旋转。

信雄原以为已经过去了一年时间，可现在他确实感到自己还处在那天的某一个时间点上。这两种时间正在彼此重叠、缠绕。

信雄几乎在刹那间领悟了一件事。原来他在蜡笔王国冒险的那一年，其实只不过是现实世界中的几个小时而已。

啊——我这是做了一场梦吗？信雄的心中生出了

一个疑惑。

不，这不是梦。

此刻，苏西在信雄身后停下了脚步，正高高地站在那里守护着他。刚才在昏暗的林子里，信雄没能看清苏西的模样。现在，柠檬状的月亮出现在西边的夜空之中。月光照在这片草野上。信雄清清楚楚地看到了苏西。那一头闪闪发光的浅蓝色长发正在凌晨的海风中轻舞飞扬，而那条淡红色的珊瑚颈饰简直就像是为苏西量身定做的一样。

"那些人没有回家，已经在那里喊你的名字喊了五个多小时了。对我来说，你是一个非常重要的人。对他们来说，也是如此。"苏西轻轻地转过身去，最后说了一声，"再见了，巡逻队长。"

话音刚落，这道浅蓝色的身影就如烟雾般消失得无影无踪。

"哥哥——"

啊，那是清子的声音。既然清子都来了，那么妈妈和爸爸肯定也来找他了。

"小林!"

还有右田老师的声音。

信雄全身僵硬地呆立在原地。这时,他的心中冒出了一个明亮的声音——"你只要跑过去就可以了!只要跑过去就可以了!"这正是信雄之前对蛇女儿喊出来的那句话。

信雄在芒草地上跑了起来,朝着山下飞奔而去。

这时,一个个小小的身影全都跳了起来,从四面八方欢天喜地地飞扑向信雄。

真理子来了。野岛同学挥舞着双手跑过来了。

孩子们各自大声地叫着、嚷着、哭着、笑着,可是,此时的信雄已经什么也听不见了。